Andreas Schlüter · Irene Margil

Vollbremsung

Fünf Asse

STECKBRIEF

Michael: Athlet

Alter:
12 Jahre

Nation:
USA

Geschwister:
keine

Hobby:
Krafttraining

Lieblingsfarbe:
gold

Sternzeichen:
Widder

Schwäche:
protzt manchmal mit seinen Muskeln

Stärke:
meistens schnell im Handeln

Motto:
„Köpfchen allein genügt nicht. Kraft gehört dazu!“

Lieblingsfächer:
gibt es nicht!

Berufswunsch:
Sport-Animateur, Fitnesstrainer

Geschwister:
Schwester Huo

Hobby:
Pflanzen, Bo

Lieblingsfarbe:
grün

Sternzeichen:
Löwe

Schwäche:
manchmal

Stärke:
ruhig und

Motto:
gibt

STECKBRIEF

Jabali: Läufer

Alter:
12 Jahre

Nation:
Südafrika

Geschwister:
Bruder Rasul, 6 Jahre

Hobby:
Eisherstellung

Lieblingsfarbe:
täglich wechselnd

Sternzeichen:
Waage

Schwäche:
ist manchmal lieber allein

Stärke:
ausdauernd, geduldig

Motto:
„Nicht weglaufen, sondern hinlaufen!“

Lieblingsfächer:
Mathematik

Berufswunsch:
Sportwissenschaftler

CKBRIEF

Kämpferin

hre

Deutschland, ihre
n kommen aus Vietnam

hre

lumen

wie eine Giftschlange

nen

nen Weg.“

rs: Pflanzenkunde

STECKBRIEF

Ilka: Schwimmerin

Alter:
12 Jahre

Nation: Australien, die
Eltern kommen aus Deutschland

Geschwister:
keine

Hobby:
Zierfische, Salzwasseraquarium

Lieblingsfarbe:
türkisblau

Sternzeichen:
Skorpion

Schwäche:
hasst ihre Sommersprossen

Stärke:
unternehmungslustig, zuverlässig

Motto:
„Achte jedes Tierchen!“

Lieblingsfächer:
Physik, Chemie, Biologie

Berufswunsch:
Meeresbiologin oder Sportärztin

STECKBRI

Lennart: Ballkünstler

Alter:
12 Jahre

Nation:
Deutschland

Geschwister:
keine

Hobby:
Jonglieren und Bällesammeln

Lieblingsfarbe:
Linhs Augenfarbe

Sternzeichen:
Schütze

Schwäche:
manchmal hektisch und nervös

Stärke:
lebendig, kommunikativ

Motto:
„Erst zielen, dann handeln.“

Lieblingsfächer:
Englisch, Deutsch

Berufswunsch:
Dolmetscher

© privat

Andreas Schlüter, geboren 1958, ist einer der erfolgreichsten Kinder- und Jugendbuchautoren der letzten Jahre. Gleich sein erstes Buch ›Level 4 – Die Stadt der Kinder‹ wurde ein Bestseller. Neben den zahlreichen ›Level 4‹-Bänden sind auch seine ›Heiße Spur ...‹-Abenteuer um Marion und das sprechende Chamäleon bei dtv junior im Taschenbuch lieferbar.
Zusätzliche Informationen über Andreas Schlüter und seine Bücher stehen unter www.aschlueter.de und www.fuenfasse.de zur Verfügung.

© Iris Hogreve

Irene Margil, geboren 1962, entdeckte im Alter von neun Jahren zwei Leidenschaften: das Fotografieren und den Sport. Das Fotografieren machte sie zu ihrem Beruf, den sie bis heute in Hamburg ausübt. Basketball, Skifahren, später Wen-Do und Karate waren ihre bevorzugten Sportarten, bis sie mit 33 Jahren das Laufen entdeckte. Sie läuft Halbmarathon und Marathon. Daneben ist Irene Margil ausgebildete Lauftherapeutin und Nordic-Walking-Trainerin. ›Fünf Asse‹ ist ihr erstes gemeinsames Buchprojekt mit Andreas Schlüter bei dtv junior.
Zusätzliche Informationen über Irene Margil und ihre Bücher unter www.irenemargil.de.

Andreas Schlüter · Irene Margil

Vollbremsung

Fünf Asse

Sport-Krimi

Mit einem Daumenkino
von Karoline Kehr

Deutscher Taschenbuch Verlag

In der Reihe ›Fünf Asse‹ sind außerdem lieferbar:
Startschuss (Mini-Olympiade)
Schulterwurf (Judo)
Schmetterball (Tischtennis)
Fehltritt (Klettern)
Abgetaucht (Schwimmen)
Spielmacher (Basketball)
Pistenjagd (Skifahren)
Fallrückzieher (Fußball)
Doppeltreffer (Fechten)
Stromschnelle (Kajak- und Kanufahren)
Freiwurf (Handball)
Kälteschock (Eishockey)

Das gesamte lieferbare Programm von dtv junior
und viele andere Informationen finden
sich unter www.dtvjunior.de

FSC www.fsc.org
MIX
Papier aus verantwortungsvollen Quellen
FSC® C019821

Originalausgabe

Umschlagkonzept: Karoline Kehr
Umschlagbild: Karoline Kehr,
Person auf dem Foto: Laurens Brandt, MC Wüsten e. V.
Lektorat: Katja Korintenberg
Gesetzt aus der Lucida Sans 11/14,5˙
Gesamtherstellung: C. H. Beck, Nördlingen
Gedruckt auf säurefreiem, chlorfrei gebleichtem Papier
Printed in Germany · ISBN 978-3-423-71467-9

Die Überraschung

Nur noch zwei Tage bis zu Michaels Geburtstag. Aber diesmal schienen seine Freunde Jabali, Ilka, Linh und Lennart aufgeregter zu sein als er selbst. Denn schon seit einer Woche versprach Michael eine ganz besondere Überraschung zu seinem Geburtstagsfest. Täglich machte er neue Andeutungen, aber rückte einfach nicht damit heraus, was er vorhatte.

»Eine Ballonfahrt?«, tippte Jabali.

»Wasserski?«, hoffte Ilka.

»Eine Nachtwanderung?«, glaubte Linh.

»Oder ein Besuch im Museum?«, lachte Lennart, weil er sich das bei Michael natürlich überhaupt nicht vorstellen konnte.

»Falsch, ganz falsch!«, grinste Michael nur und schüttelte bei jedem neuen Vorschlag den Kopf.

»Mann, das hält doch keiner aus. Sag endlich, was es ist!«, bettelte Ilka entnervt.

»Du wirst es ja sehen!«, vertröstete Michael wie jedes Mal in den vergangenen Tagen.

Aber Ilka lag ihm weiter in den Ohren.

»Ich will mich drauf einstellen können! Sag doch endlich, was es ist!«, forderte sie zum tausendsten Mal und machte mit ihrem hartnäckigen Bohren allmählich alle verrückt. Die Freunde hatten sich auf einem kleinen Rasenstück vor der James-Connolly-Schule versammelt. Auf der internationalen Schule mit dem Schwerpunkt Sport hatten sich die fünf schnell angefreundet. Und weil sie oft zusammenhingen und jeder in einem Sportbereich besonders gut war, nannten sie alle die Fünf Asse. Sie genossen die Sonne, die sich seit Tagen endlich mal wieder zeigte. Kein einziges Wölkchen verdeckte das riesige, strahlend blaue Himmelszelt. Während Linh, Lennart und Jabali längst saßen, standen Michael und Ilka noch vor ihnen herum.

»Aus der Sonne!«, befahl Lennart und machte eine wegwischende Handbewegung.

Ilka schüttelte den Kopf.

»Ich rück nicht von Michael ab, bevor er es mir nicht verraten hat!«, drohte sie und stellte sich breitbeinig vor ihn, die Arme in die Seiten gestützt. »Wer A sagt, muss auch B sagen! Das kommt davon, wenn du so ein Geheimnis daraus machst. Jetzt spuck es endlich aus!«

»Na gut«, gab Michael Ilkas Drängen nach.

Nun spitzten auch die anderen drei die Ohren.

Erstaunt hoben sie die Köpfe. Lüftete Michael jetzt tatsächlich das große Geheimnis?

»Diesmal feiern wir meinen Geburtstag …«, begann Michael langsam, legte eine Pause ein, genoss die unerträgliche Spannung und rückte endlich damit heraus: »… auf der Gokartbahn!«

»Pfffff!«, kam es von Jabali wie aus einem Ballon, der seine Luft verlor. Er streckte sich flach auf dem Rasen aus.

Linh und Lennart schauten sich an. Sie wussten noch nicht so recht, was sie von der Idee halten sollten.

Ilka hingegen war sofort Feuer und Flamme. Freudig hüpfte sie wie ein Gummiball um Michael herum.

»Boah! Spitze! Das wollte ich schon immer mal! Super, Michael!«, rief sie und klopfte ihm auf die Schulter.

Jabali hingegen schien alles andere als begeistert.

»Ich kann dir diesen Plan schlecht ausreden, schließlich bist du das Geburtstagskind!«, räumte er zwar ein, versuchte es aber trotzdem: »Aber ein Picknick im Freien wäre doch auch was!« Dabei deutete er in den hellblauen Himmel. Er verstand

nicht, wie man seinen Geburtstag drinnen feiern konnte, wenn sich das Wetter von seiner besten Seite zeigte.

»Mir graut auch ein bisschen vor dem Gestank und dem Krach in der Halle«, seufzte Linh und holte tief Luft.

»Papperlapapp!«, beschwichtigte Ilka. »Die haben heute doch besondere Abgas- und Belüftungsbestimmungen. Und unter dem Helm ist der Lärm halb so schlimm! Stimmt doch, oder, Michael?«

Michael nickte. »Und der große Michael hat auch auf einer Gokartbahn angefangen, wusstet ihr das?«

»Wer?«, fragte Linh.

»Na, Schumi«, antwortete Michael, als ob jeder sofort wissen müsste, wen er meinte.

»Michael Schumacher«, erläuterte Lennart, der Linhs Stirnrunzeln bemerkte.

»Er hat es auf insgesamt sieben WM-Titel in der Formel 1 gebracht. Das hat keiner vor ihm geschafft!« Michael sprach vom Rekordweltmeister Schumacher gerade so, als sei er sein Freund und als ginge er bei ihm zu Hause ein und aus.

»Motor...sport!« Jabali sprach das Wort betont langsam aus. »Wenn Formel 1 Sport ist, dann ist jeder Autofahrer ein Sportler?« Jabali fasste sich an die Stirn und schüttelte den Kopf.

»Ja, der Motorsport erfordert besonders viel Koordinationsfähigkeit und Konzentration!«, bemerkte Linh.

»Nerven wie Drahtseile, die braucht man!«, gab Jabali zu. »Aber sonst?«

»Eine Menge Kraft und Kondition!«, ergänzte Michael.

Jabali rümpfte die Nase, das konnte er kaum glauben.

»Am wichtigsten ist auf jeden Fall die Rückenmuskulatur! Die Dinger haben keine Federung. Deine Wirbelsäule kriegt jeden Schlag in voller Stärke ab«, erklärte Michael und klopfte Jabali auf die Schulter.

Linh zwinkerte Jabali aufmunternd zu und zitierte einen asiatischen Weisheitsspruch: »Öffne dich für Neues und entdecke dabei dich selbst.«

Jabali verzog das Gesicht.

Ilka grinste verschmitzt. Linh und ihre Weisheiten!

»Komm, erzähl mal genauer!«, forderte Lennart Michael auf und klopfte neben sich auf den Rasen, bis Ilka und Michael sich endlich zwischen sie setzten.

Michael begann zu erzählen, wie genau sein Plan für seine Geburtstagsfeier aussah, wurde aber im-

mer wieder von den neugierigen Fragen der anderen unterbrochen.

»Bist du schon mal Kart gefahren?«

»Wie schnell kann man damit denn fahren? Wie viel PS haben die Dinger?«

»Warst du auch schon mal am Nürburgring?«

Michael gab bereitwillig Auskunft.

Linh und Lennart stritten sich zwischenzeitlich noch darüber, ob der Skisport oder der Formel-1-Sport umweltfeindlicher waren.

Nur Jabali klagte, dass er doch gar nicht auf so einen »frisierten Rasenmäher« passe. Aber niemand reagierte auf seinen Versuch, sich um die Teilnahme an dieser Aktion zu drücken.

Zwei Tage später war es dann so weit. Der Bus fuhr sie an einem riesigen Industriegelände vorbei.

»Eine schöne Landschaft sieht anders aus«, bemerkte Jabali gerade, als der Bus hielt und die Fünf Asse mitten zwischen den Lagerhallen absetzte. Von der Haltestelle aus konnten sie schon das Hinweisschild zur Gokartbahn sehen.

»550 Meter bis zum Start!«, stand auf dem Werbeschild.

Die fünf mussten noch an einem Autohaus, einem Großhändler für Teppiche und einem Baumarkt vorbei.

»Hier rechts ist es!«, rief Ilka plötzlich und bog in

eine breite Einfahrt zwischen zwei riesigen Hallen ein. Noch deutete außer einem weiteren Schild nichts auf die Bahn hin, aber kaum waren sie an den Hallen vorbei, standen sie an einem riesigen Platz. Hunderte Autoreifen waren dort gestapelt, schwarzweiß karierte Flaggen flatterten zu beiden Seiten des Halleneingangs. Dort stand auch eine kleine Gruppe Jugendlicher, die die fünf Neuankömmlinge neugierig musterte.

Der Älteste ging ihnen entgegen. Auf seinem T-Shirt war der Name und das Logo der Bahn gedruckt.

»Hi. Ich bin Masrat. Ihr müsst die Geburtstagsgruppe sein, stimmt's?«, empfing er Michael und seine Freunde.

»Stimmt!«, bestätigte Michael.

»Du bist das Geburtstagskind?«, fragte Masrat.

Michael nickte und lächelte verlegen.

»Glückwunsch!« Er reichte Michael die Hand und führte die fünf dann ins Halleninnere.

»Räikkönen, Hamilton, Button zur Linken und Prost, Schumi und Alonso zur Rechten«, stellte Masrat im Vorbeigehen die Pappfiguren vor, die im Eingang Spalier standen, und steuerte direkt auf eine breite Treppe zu.

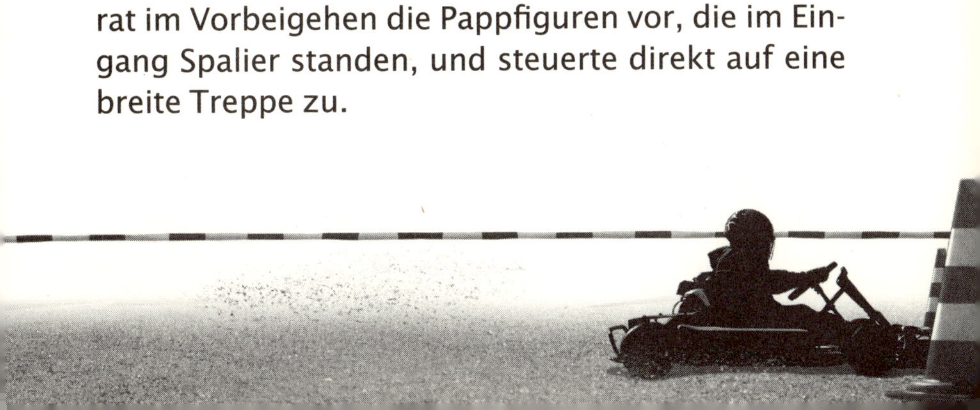

»Die Weltmeister!«, erläuterte Lennart Linh ehrfürchtig im Flüsterton.

»Ich weiß«, flüsterte Linh zurück. »Aber neben Schumi fehlen noch Hill, Villeneuve und Häkkinen. Die Weltmeister von 1996, 97, 98 und 99.«

Lennart schaute Linh verblüfft an.

»Ich habe mich vorbereitet«, grinste Linh zurück.

»Häkkinen hat einer kaputt gemacht«, entschuldigte sich Masrat, der den Dialog zwischen Linh und Lennart offenbar mitbekommen hatte.

»Und was ist mit Sebastian Vettel?«, hakte sie nach.

»Vettel haben wir natürlich bestellt, aber da sind wir nicht die Einzigen. Die Nachfrage ist so groß, die kommen mit der Produktion nicht nach!«

Dann führte Masrat die Fünf Asse in die erste Etage. Dort befand sich der Restaurantbereich mit unzähligen Spielautomaten. Vor einer riesigen Glasscheibe saßen einige Gäste und beobachteten das Geschehen unten auf der Bahn.

»Bin gleich wieder da«, versprach Masrat und verschwand hinter der Theke.

»Super!«, schwärmte Ilka, die mit den anderen schon vor der Glasfront stand und auf die Rennstrecke hinunterschaute. Von hier konnte man den Verlauf des Parcours genau erkennen. In der Mitte befand sich eine Art Turm mit großer verglaster Aussichtsplattform, wie es sie an Flughäfen gab. Dieser war natürlich entsprechend kleiner. Von dort konnte jeder Winkel der Bahn eingesehen werden.

»Happy birthday to you!«, tönte es plötzlich aus den Lautsprechern, während Masrat mit einer kleinen Geburtstagstorte auftauchte und sie Michael überreichte. Der wurde puterrot und sah sich verlegen um. Warum hatte seine Mutter aber auch bei der Anmeldung den Anlass für den Besuch der Gokartbahn verraten?

Linh und Ilka hätten am liebsten laut mitgesungen. Aber sie hielten sich an das Versprechen, das alle vier Freunde vorher hatten ablegen müssen: kein Geburtstagsständchen! Also lauschten sie nur dem Gesang aus den Lautsprechern und lächelten Michael zu. Der Kuchen hatte die Form eines Formel-1-Lenkrads, auf dem die vielen Schaltknöpfe mit bunten Schokolinsen dargestellt waren.

Ein älteres Ehepaar, zwei jüngere Frauen und vier Männer sahen gerührt dabei zu, wie Michael schnell die Kerzen ausblies.

Ganz im Gegensatz zu denen blaffte ein Jugendlicher, der an einem der Spielautomaten stand, Michael an: »Sind wir hier im Kindergarten oder was!«

Masrat überhörte die Bemerkung und stellte sich vor eine große Schautafel, auf der verschiedene

 Symbole und Verhaltensregeln vermerkt waren. »Sicherheit steht hier an oberster Stelle!«, begann er seine Einweisung. »Wenn die gelben Lampen über der Bahn aufleuchten, bedeutet das: ›Achtung Gefahr! Langsam fahren!‹ Wenn der Bahnbetreuer mit der blauen Flagge wedelt, dann möchte jemand an euch vorbei, also: rechts halten und den anderen vorbeilassen! Und die schwarz-weiß karierte Flagge bedeutet, das Rennen ist ab sofort beendet. Trotzdem fahrt ihr eine komplette letzte Runde und nähert euch langsam dem Ziel.«

Zwischendurch hatte Ilka Schwierigkeiten, Masrats Ausführungen zu folgen, weil einige Jugendliche, die offenbar zu dem am Spielautomaten gehörten, sich lautstark über die Fahrfehler derjenigen mokierten, die gerade ihre Runden drehten.

»Wieso greift der nicht an, ey? Der bremst ja immer nur!«

»Dafür fährt sein Kumpel viel zu fett! Der qualmt hinten raus wie 'ne Fritteuse!«

»Guck mal der: abgesoffen. Vergaser falsch eingestellt!«

»Quatsch! Das ist typisch Anfänger!«

»Hoppla! Schon wieder abgeschmiert, seht ihr die 23?«

Keiner der Fünf Asse, nicht einmal Michael, hatte eine Ahnung, was sie damit meinten.

»Niemand steigt auf der Strecke aus. Wenn es

Probleme gibt – Hand heben – die gelben Lichter werden dann angeschaltet und wir kommen zu euch und helfen! Nie ohne Aufforderung auf der Strecke aussteigen! Alles verstanden?«

»Jaaa!«, riefen die fünf.

Michael trat ungeduldig von einem Bein auf das andere.

»Ihr fahrt drei mal zehn Minuten!«

»Und wann fahren wir endlich los?«, fragte Ilka.

»Verstehe! Ihr könnt es nicht abwarten. Okay, ich erkläre euch alles Weitere unten.«

Michael grinste Ilka dankbar an. Endlich war es so weit! Den Kuchen brachte Jabali allerdings noch schnell bei einer Frau hinter der Theke in Sicherheit. Dann folgte er den anderen in die riesige Blechhalle runter.

Zu Ilkas Missbehagen kamen ihnen die Jugendlichen hinterher und stellten sich zum Zugucken an die Bande.

»Frischfleisch?«, fragte einer von ihnen hämisch. Er trug ein T-Shirt mit dem Ferrari-Logo. Das schwarze Pferd auf gelbem Grund füllte seine ganze Brust.

»Ich wette, die Schokostange landet als Erster in der Bande.«

Jabali hatte verstanden, dass er gemeint war, ging aber einfach achtlos an ihm vorbei. Er fand, wenn einer aussah, als wäre er in einer Mehltüte geboren, sollte er lieber ganz still sein.

»Aber Rafael, was war das denn für eine Begrüßung?«, fragte ein großer Typ hinter ihm. Er hatte mindestens eine Tube Gel in seine schwarzen, schulterlangen Haare geschmiert.

Michael grüßte ihn. Er wusste zwar nicht, wie der Lange hieß, aber sein Gesicht hatte er sofort wiedererkannt. Der wandte sich jedoch ohne ein Wort wieder den anderen zu.

»Woher kennst du den denn?«, fragte Ilka neugierig.

Bisher hatte Michael nicht erwähnt, dass er schon Kontakt zu anderen Gokartfahrern geknüpft hatte.

»Kennen ist zu viel gesagt«, erklärte Michael. »Ich hab ihn nur wiedererkannt. Der hat Tom von den Grünheimern mal gezeigt, was eine Harke ist. Ich hab es zufällig gesehen. Peng, voll auf Toms Nase, als der mal wieder unverschämt war!« Seine Augen leuchteten dabei vor Schadenfreude. Tom war sein größter Widersacher unter den Sportlern der Grünheimer Schule.

»Und du bist nicht dazwischengegangen?«, fragte Linh gleich mit vorwurfsvollem Ton.

»Wie denn? Du kannst das vielleicht, aber ich?«, verteidigte sich Michael. »Außerdem ging das alles so schnell und Tom war gleich danach verschwunden!«

Tom und Michael begegneten sich in vielen Wettkämpfen auf gleicher Augenhöhe. Mal ging der Sieg an Tom, mal an Michael. Tom war ein Großmaul und Angeber. Michael hatte es gern gesehen, als die Faust von dem Langen mitten auf Toms Nase gelandet war. Darum war er ihm auch so gut im Gedächtnis geblieben.

»Aber hier taucht Tom ja mit Sicherheit nicht auf!«, beendete Michael die Debatte.

Ilka sah stirnrunzelnd zu den Jugendlichen hinüber. Sie gefielen ihr nicht. Besonders der mit dem Ferrari-Logo, der so einen blöden Spruch über Jabali gemacht hatte. Während sie die Gruppe im Auge behielt, bemerkte sie, wie der Typ einem anderen ein seltsam geformtes Metallstück hinter seinem Rücken übergab. Der Empfänger betrachtete es und gab es dann auf die gleiche geheimnisvolle Weise weiter. So ging das Teil von Hand zu Hand und wurde von jedem inspiziert.

»Kannst du erkennen, was die da kreisen lassen?«, fragte sie Michael.

Michael konnte noch weniger als Ilka erkennen und zuckte nur mit den Schultern. »Irgendwas aus

Metall, keine Ahnung. Vielleicht irgendein Ersatzteil?«

»Sind Ersatzteile so geheimnisvoll?«, wunderte sich Ilka.

Das wusste Michael auch nicht. Eigentlich hatte er sich schnell das beste Kart raussuchen wollen. Aber jetzt blieb sein Blick doch an der Gruppe hängen, während die anderen sich von Masrat schon die Fahrzeuge zeigen ließen.

Plötzlich sah er, wie einer der Jugendlichen dem mit dem Ferrari-Logo einige Geldscheine übergab und dann das Metallteil in seinem Rucksack verstaute.

»Was ist?«, rief Masrat Michael zu. »Willst du nicht mitfahren?«

Michael riss sich los und folgte den anderen, um endlich zu starten.

Kurventechnik

Ilka entdeckte einen Jungen, der am Rand der Bahn ein Kart auf einem Gestell aufgebockt hatte und offenbar verschiedene Teile reinigte. Immer wieder sah er durch einen kleinen Schlauch, den er mit einer Düse behandelte. Auch er linste neugierig zu Ilka und den anderen rüber.

»Der starrt uns an, als ob er hier noch nie Mädchen gesehen hätte«, sagte Ilka zu Linh und stupste sie.

»Vielleicht würde er einfach lieber fahren, als die Dinger zu reparieren«, vermutete Linh.

»Wollt ihr quatschen oder kann's losgehen?«, rief Masrat und winkte die Fünf Asse zu sich. Er stand direkt vor der Sicherheitsabsperrung zum Boxenstopp. »Bei der nächsten Runde seid ihr dran.« Damit ging er hinter die Absperrung zum Startbereich.

»Wie? Wir fahren schon?«, wunderte sich Linh.

»Endlich! Das wurde doch auch Zeit!«, fand Michael.

»Kriegen wir keine Einführung in die Fahrtechnik?

Und was ist mit weiteren Verhaltensregeln?«, fragte Linh. Aber ihre Frage ging im Motorenlärm unter, und Masrat war zu weit weg, um sie zu hören.

Hier unmittelbar an der Rennstrecke war alles noch schlimmer, als sie ohnehin befürchtet hatte. Das spärliche Sonnenlicht, das durch die wenigen Fenster drang, beleuchtete jedes Staubkorn, wobei es sich hier gleich um ganze Wolken zu handeln schien. Der Gestank nach Benzin war so extrem, dass sie befürchtete, schon bald betäubt umzukippen. Der Lärm in der riesigen Blechhalle erinnerte sie an ein motorisiertes Bienenvolk, das einem mit einem ohrenbetäubenden, monotonen Brummen den letzten Nerv raubte. Es dröhnte und knatterte, quietschte und knarrte. Die Füße der fahrenden Kinder schienen an den Gaspedalen der Gokarts festzukleben. Wie in einer endlosen Schleife gefangen, zogen sie ihre Runden und hetzten durch den Parcours.

Eine große Digitalanzeige, die gut sichtbar unter der Hallendecke hing, zeigte die Nummern der jeweils fünf besten Fahrer und ihre Rundenzeiten an.

Ilka bemerkte weder den Lärm noch den Gestank. Fasziniert starrte sie auf die zwei langen Kolonnen der Gokarts, die in der Mitte der Bahn bereitstanden. Offenbar gab es zwei verschiedene Größen.

»Wirklich wie echte Rennwagen, nur kleiner!«, staunte sie.

»Das *sind* echte Rennwagen!«, stellte Michael klar.

Masrat kam mit der schwarz-weiß karierten Flagge zurück und öffnete den Fünf Assen die Absperrung.

»Die ersten zehn Minuten gehört euch die Bahn allein. Danach fahrt ihr ganz normal mit den anderen mit. Und denkt dran: keine Kunststückchen. Sicherheit geht vor!« Dann stellte er sich zum Start-Ziel-Bereich und schwenkte die Flagge.

Die Motorengeräusche ebbten langsam ab, die Gokarts blieben einer hinter dem anderen im Zielbereich stehen. Und auf ein Kommando eines Helfers stiegen alle gleichzeitig aus, gaben ihren Helm ab und liefen nur noch in ihren Sturmhauben vor die Barriere.

»Ich hab dich fast überholt. Hast du's gemerkt?«, fragte ein Junge seinen Vordermann.

»Fast!«, betonte der.

»Also ich brauch gar keine Bremse, ich steh eh ständig auf dem Gas!«, behauptete ein anderer.

»Und bist trotzdem nie unter den ersten fünf«, kicherte ein Weiterer.

Einer der Jungs blaffte die Fünf Asse rüde an, als er an ihnen vorbeiging: »Nur wegen euch müssen

 wir eine Runde aussetzen!« Er zog seine Sturmhaube vom Kopf. »Anfänger kriegen hier immer eine Extrawurst!«

»Jetzt spiel dich mal nicht so auf. Du tust gerade so, als ob du mit dem Kart unterm Hintern geboren wärst!«, wies Masrat ihn zurecht und führte die Fünf Asse in die Boxengasse. Dann übergab er jedem eine schwarze Sturmhaube, die sie unter den Helmen tragen sollten.

»Geld oder Leben!«, drohte Jabali wie ein Räuber und bohrte seinen Finger in Lennarts Rücken, als hielte er eine Waffe in der Hand.

»Mist! Lass das!« Lennart war wirklich erschrocken und schob Jabalis Hand weg. Dann lachte er lauthals, als er sah, dass Masrat Michael einen Helm in der Größe M überreichte. »Damit kommt Michael bestimmt nicht aus. Der Dickschädel braucht mindestens Größe XXL.«

Linh und Ilka bekamen Helme der Größe S, bei Jabali und Lennart zögerte Masrat, bis er auch ihnen M gab.

Jabali setzte den Helm auf und starrte ehrfürchtig auf die bunten Rennwagen.

Masrat winkte den Jungen, der gerade noch Rohre geputzt hatte, zu sich.

»Deniz! Die 14 raus, Revision!«, sagte er in barschem Ton und zeigte auf ein Gokart mit der Nummer 14.

Der Junge setzte sich in den Kart und fuhr langsam an der Bande entlang in den abgesperrten Bereich, offenbar die Werkstatt. Hunderte Werkzeuge hingen dort an einer Wand, fein säuberlich geordnet nach Größe und Art. Wieder trafen sich Ilkas und sein Blick, als er an ihnen vorbeifuhr. In diesem kurzen Moment bemerkte sie seine ölverschmierten Hände und Unterarme, die dicken Schuhe mit Stahlkappe, seine bleiche Haut und die tiefen Ringe unter seinen braunen Augen.

Ilka blieb stehen und sah dem Jungen nach.

Linh wäre beinahe gegen Ilka geprallt.

»Träumst du, oder was?«, fragte Linh dumpf unter ihrem Helm hervor und klappte das Visier auf. »Reinsetzen!« Sie gab Ilka einen kleinen Stoß.

»Moment! Noch nicht!«, rief Masrat Linh zu, als die sich gerade hinters Steuer setzen wollte. Er legte in ihren Sitz eine zusätzliche Sitzschale, sodass Linh etwas höher und weiter vorne saß und so die Pedale besser treten konnte.

»Wie bremst man am besten ab?«, fragte Jabali, als Masrat prüfte, ob sein Helm richtig saß.

»Mit der Fußsohle!«, rief Michael lachend dazwischen. »Bis sie qualmt.«

Jabali verzog das Gesicht.

Masrat schüttelte den Kopf, um Jabali dann ernst zu antworten: »Da gibt es kein Rezept. Mit der Zeit entwickelt man einfach ein Gefühl dafür. Setz dich erst mal rein, fahr und dann die ersten Male vorsichtig bremsen. Ganz sachte, dann immer fester, bis das Rad blockiert. Du wirst es schon merken, wie es richtig geht.«

Michael hielt sich nicht für einen Anfänger, obwohl er auch das erste Mal in einem Kart saß. Laut verkündete er: »Also ich bleibe bis zur letzten Sekunde auf dem Gas und dann ganz hart bremsen!«

»Pass auf, dass du nicht hart gegen die Bande bretterst«, warnte ihn Lennart.

»Pah!«, machte Michael.

Masrat wandte sich an die Mädchen: »Und ihr auch: Ihr lernt das alles von ganz allein. Ihr müsst einfach fahren, fahren, fahren!«

»Aha«, sagte Jabali, der noch viele Fragen hatte, die er aber nicht mehr stellen konnte, denn schon schob ihm Masrat seinen Gokart entgegen.

»Rein mit dir! Du nimmst die Nummer acht!«

Lennart saß schon in seiner Nummer 17 und staunte, wie tief man saß. Nur wenige Zentimeter über dem Boden. Die Geräusche drangen sehr gedämpft an seine Ohren. Er fühlte sich unter dem Helm wie abgekapselt von allem.

»Ich bleibe hinter dir!«, rief er Michael zu und gab

ihm ein Zeichen. Er wollte sich erst ein bisschen an das Ding gewöhnen.

»Ich fahr vor!«, bestimmte Ilka und klopfte Linh auf den Helm. Dann stieg sie in ihre Nummer 30. Linh nickte. Michael hätte Ilka kein schöneres Geburtstagsfest organisieren können. Schon lange wollte sie so ein Ding mal ausprobieren.

Jabali zeigte auf Linh und rief: »Ich bleib hinter dir, einverstanden?«

Linh nickte.

»O ja!«, rief Michael. »Am besten, ihr bleibt alle hinter mir, damit ich gewinne!«

»Vergiss es!«, kündigte Lennart ihm nun doch den Kampf an.

Der Helfer gab das Startzeichen.

Michael trat sofort voll aufs Gas und legte einen Blitzstart hin. Lennart ebenso. Nebeneinander jagten sie davon.

Jabali sah den beiden hinterher und gab ganz langsam Gas, um Linh nicht hinten reinzufahren. Er hielt die Luft an, als er sah, wie Michael mit vollem Tempo auf die erste Kurve zufuhr, sich in die Kurve legte, nach innen zog und dabei haarscharf an der Bahnbegrenzung entlangschrappte. Durch dieses Manöver hatte er Lennart zum Abbremsen gezwun-

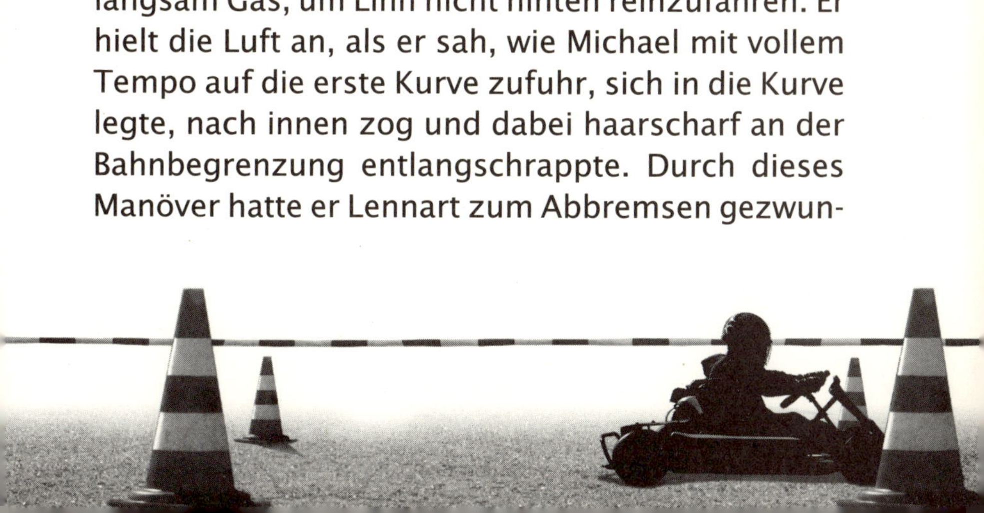

 gen. Lennart fluchte, aber hätte er nicht gebremst, wäre er Michael in die Seite gefahren. So musste er nun hinter ihm bleiben.

Mit kurzem Abstand kam Ilka, dann folgten bereits etliche Wagenlängen zurück Linh und Jabali, die so bedächtig fuhren wie im Straßenverkehr.

Linh hatte sich wie Jabali auf diesen Ausflug nur dem Geburtstagskind zuliebe eingelassen und folgte ihrem Motto, das sie sich nochmals laut zusprach: »Öffne dich für Neues und entdecke dabei dich selbst!«

Nachdem sie die erste Kurve hinter sich gebracht hatte, trat sie stärker auf das Gaspedal und beschleunigte etwas mehr. Sie versuchte sich die Kurvenabfolge und ihre Formen einzuprägen. Als sie ungefähr in der Mitte der Rennrunde war – die zweite 180-Grad-Kurve hatte sie gerade geschafft –, da preschte Michael mit erhobener Faust an ihr vorbei.

Typisch Michael!, dachte sie.

Schon überholte auch Ilka, die Michael hinterherraste. Dann erst folgte Lennart. War Lennart beim Start nicht vor Ilka gewesen? Hatte sie tatsächlich schon in der ersten Runde ein Überholmanöver gewagt? Jabali klebte noch immer an ihrem Heck. Linh beschleunigte vorsichtig nach und nach. Sie vergaß den Krach und den Gestank und konzentrierte sich voll auf dieses seltsame Gefährt unter sich. Der ganze Körper wurde durchgeschüttelt, jede Unebenheit auf der Fahrbahn übertrug sich. Das Lenkrad vibrierte oder vielleicht zitterten ihr auch einfach nur die Hände.

Jabali blieb an ihr dran, wenngleich Linh das Gefühl hatte, dass sich ihr Abstand ein klein wenig vergrößerte. Aber vielleicht täuschte sie sich auch, denn nach hinten zu schauen traute sie sich nicht. Doch von Minute zu Minute bekam sie auch das Gefühl, ihr Fahrzeug ein wenig mehr zu beherrschen. Linh traute sich, immer noch ein Stückchen schneller zu fahren.

Als Vierte kam sie durchs Ziel, fuhr an den Rand und blieb stehen. Sie drehte sich um und sah einen jubelnden Jabali direkt hinter sich.

»Geschafft!«, freute er sich, riss die Arme hoch und stieg erleichtert aus seinem Kart.

Es machte ihm nicht das Geringste aus, als Letzter der fünf durchs Ziel gekommen zu sein.

»Jetzt haben wir uns aber ein Eis verdient!«, rief Jabali.

Statt Eis gab es dann zwar Geburtstagskuchen, aber das war Jabali genauso recht.

»Pass auf, Michael, im nächsten Rennen holt Ilka

 dich noch ein!«, prophezeite Lennart, als sie alle rund um den Tisch saßen und Michaels Geburtstagskuchen genossen.

»Und was ist mit dir? Wo bleibt dein Ehrgeiz, Lennart?«, fragte Michael. »Am Ende landest du hinter Jabali!«

»Hinter mir landet niemand mehr. Ich bin draußen!«, verkündete Jabali.

»Heißt das, du steigst aus?«, vergewisserte sich Linh.

»Genau das heißt es.« Jabali biss zufrieden in ein weiteres Stück Kuchen.

»Vielleicht sind seine restlichen zwei Mal zehn Minuten übertragbar, meinst du nicht auch?«, fragte Ilka gleich. »Wäre doch schade, wenn deine Fahrzeit einfach so ungenutzt verfällt!«

Hoffnungsvoll zwinkerte sie Jabali zu.

»Findest du?«, fragte der mit vollem Mund und grinste.

Linh holte sich einen Prospekt, der auf der Theke zum Mitnehmen auslag.

»Vielleicht steht hier was dazu drin!«, überlegte sie und war schon ganz in die Informationen vertieft.

»Ich frag lieber direkt«, entschied Ilka und steuerte auf Deniz zu.

»Vielleicht lässt sich da was machen!«, sagte er. »Das kommt ganz darauf an, wie mein Vater gerade gelaunt ist. Aber jetzt geht's weiter, siehst du? Mein Bruder winkt euch schon zu sich!«

Jabali schaute den vieren zufrieden von oben zu.

Lennarts Prophezeiung bewahrheitete sich zwar nicht, und Ilka blieb wieder hinter Michael, aber sie war verdammt dicht dran. Auch Linh und Lennart verbesserten ihre Rundenzeiten. Und das, obwohl sie jetzt nicht mehr allein auf der Bahn waren, sondern sich mit fünf weiteren Kartfahrern messen mussten.

Als Jabali für einen kurzen Moment seinen Blick von der Bahn weg über die Tische in der Restauranthalle schweifen ließ, sah er, wie die Jugendlichen, die am Anfang so blöd über sie abgelästert hatten, wieder die Köpfe zusammensteckten. So auffällig unauffällig, dass man sofort den Eindruck gewann, sie führten etwas im Schilde.

Jabalis Blick blieb an den Jugendlichen hängen.

Leider bemerkte das einer von ihnen. Ausgerechnet der mit dem Ferrari-Logo, der Jabali schon einmal so blöde angemacht hatte.

»Ist was, Schokofresse?«, rief er zu Jabali hinüber.

»Das ist Apfel!«, rief Jabali gelassen und hielt ihm grinsend das Stückchen Kuchen entgegen, in

 das er gerade gebissen hatte. »Schoko ist schon alle. Aber leider bist du ja sowieso nicht eingeladen!«

»Hä?« Der Jugendliche sah verdutzt seine Kumpels an. »Was hat er gesagt?«

Aber die anderen schienen gar nicht hingehört zu haben.

Jabali schaute längst wieder zur Bahn, als ob die Gruppe um diesen Blödmann überhaupt nicht existierte. Aus den Augenwinkeln beobachtete er sie natürlich trotzdem weiter, um im Zweifel auf alles gefasst zu sein.

Der Ferrari-Typ fixierte ihn immer noch. Als er mitbekam, dass Jabali erneut zu ihnen schaute, löste er sich von der Gruppe und ging auf Jabali zu.

»Gibt's hier irgendwas zu glotzen?«, blaffte er Jabali an.

»Ehrlich gesagt, nein«, antwortete Jabali. »Ich glotze schon die ganze Zeit. Aber weit und breit nichts Interessantes!«

»Dann hör auch auf zu glotzen, Bimbo!«, fuhr ihn der Typ an.

»Bimbo ist übrigens eine Stadt in der Zentralafrikanischen Republik«, antwortete Jabali. »Da gibt's echt was zu glotzen, sag ich dir. Aber hier ...?«

Jabali zog abfällig die Mundwinkel runter.

Der Typ kam noch näher an Jabali heran. Und war schon dabei, sich die Ärmel aufzukrempeln.

Doch Jabali hatte gesehen, dass hinter dem Typ jetzt Michael auftauchte.

»Haste gesehen?«, rief Michael freudestrahlend. »Wieder gewonnen!« Dann begriff er, dass hier irgendetwas nicht stimmte.

Der Ferrari-Typ musterte Michael von oben bis unten.

»Ist irgendwas?«, fragte Michael.

»Nö!« Jabali zeigte grinsend auf den Typ mit dem Ferrari-Shirt. »Er wollte nur wissen, wo Bimbo liegt!«

Michael verstand sofort. Langsam zog er seine Jacke aus, sodass man jetzt, nur im T-Shirt, gut sehen konnte, wie muskulös und durchtrainiert er war.

»Das ist da, wo der Pfeffer wächst«, sagte Michael und blickte den Typ angriffslustig an. »Kapiert?«

Obwohl Michael bestimmt zwei, drei Jahre jünger war als der Ferrari-Typ, schienen Michaels Muskelpakete Eindruck auf ihn zu machen. Er warf Jabali noch kurz einen drohenden Blick zu, dann drehte er wortlos ab und gesellte sich zurück zu seiner Gruppe.

»Alles klar?«, fragte Michael.

»Logisch«, sagte Jabali und hielt ihm die Hand hin. »Danke.«

Michael gab ihm »Five«.

Michael schaute noch mal hinüber zu der Gruppe. »Die kamen mir vorhin auch schon so komisch vor. Ich glaube, die dealen da irgendwas. Komm.«

Er griff Jabali über die Schulter, drehte ihn von der Gruppe weg und hieß die anderen willkommen, die gerade von unten kamen.

»Ist was?«, fragte Ilka.

»Ja«, antwortete Michael lächelnd. »Es ist noch Kuchen da. Der muss verdrückt werden.«

»Ich opfere mich!«, meldete sich Ilka. Der ganze Tag auf der Kartbahn war für sie ein großes Fest. Das Fahren begeisterte sie, und so stand für sie schon vor Ablauf der letzten zehn Minuten, die sie noch hatten, fest: »Ich werde auf jeden Fall öfter hierherkommen!« Sie gab Michael einen kleinen Stups. »Und du?«

»Ich sowieso!«, verkündete Michael.

Damit war's beschlossen.

Ilka wusste nur noch nicht, wie sie ihr Vorhaben finanzieren sollte. Schließlich hatte man nur einmal im Jahr Geburtstag, zu dem man sich so etwas wünschen konnte. Und ein Blick in einen der herumliegenden Prospekte verriet ihr, dass Autorennsport wirklich eine teure Angelegenheit war, nicht nur in der großen Formel 1.

»Hoffentlich finde ich da eine Lösung mit meinen Eltern«, seufzte sie. »Ich will auf jeden Fall bald mal wieder fahren!« Dabei linste sie zu Deniz, der das Kart Nummer 14 gerade zurück in die Boxengasse stellte. »Ob der hier richtig arbeitet?«

»Klar! Seinem Vater gehört doch die Bahn, und du kannst dir vorstellen, wie viel es hier zu tun gibt!«, antwortete Michael.

Für einen Moment überlegte Ilka, ob es nicht eine Möglichkeit für sie wäre, hier ebenfalls einen Job anzunehmen. Aber schnell verwarf sie den Gedanken. Sie ging auf eine Schule für Leistungssport. Sie war eine Schwimmerin und wurde vor allem dafür auch ausgebildet. Alles andere durfte nur beiläufiges Hobby bleiben. Trotzdem: Mit ihren Eltern würde sie reden.

Spezialwissen

Schon ein paar Tage später verabredete sich Ilka mit Michael erneut zum Kartfahren. Sie hatte ihre Eltern tatsächlich dazu überreden können, vorläufig zumindest jeweils die Hälfte der Kosten beizusteuern. Dafür musste Ilka zusagen, je Training maximal 30 Minuten zu fahren. 30 Minuten bedeuteten: 13 Euro Anteil ihrer Eltern und 13 Euro von ihren Reserven. Für jedes Training eine Menge Geld! Sie hatte zum Glück ein Sparschwein randvoll mit Zwei-Euro-Münzen angesammelt und war bereit, diese Reserve für ihre tolle neue Entdeckung aufzubrauchen.

»Und du? Woher nimmst du das Geld?«, fragte Ilka Michael, als sie im Bus zur Kartbahn saßen.

Michael grinste breit: »Ich hab mir zum Geburtstag gleich zwei Zehnerkarten dazugewünscht!«

»Schlaukartoffel!«, gestand Ilka ihm neidvoll zu. »Und das Shirt hat dir dein Opa geschenkt, stimmt's?«

»Nein, Omi!«, korrigierte Michael und sah stolz auf seine Brust runter, auf der Sebastian Vettel in voller Fahrt auf dem schwarzen Shirt gedruckt war.

An der Kartbahn angekommen, entdeckte Michael in der Nähe des Eingangs, verdeckt hinter einem Müllcontainer, wieder die Jugendlichen, die ihnen schon das letzte Mal aufgefallen waren. Schnell zog er Ilka am Arm hinter einer Hausecke zurück.

»Manno, was ist denn mit dir los?«, schimpfte Ilka.

»Pssssst!«, zischte Michael und legte seinen Zeigefinger auf den Mund. »Schau mal, schon wieder diese komischen Typen.«

Ilka wunderte sich über Michael. Sie hatte die Jugendlichen ja von Anfang an komisch gefunden. Aber Michael hatte den einen sogar gegrüßt und ihn bewundert, weil er Tom mal eine verpasst hatte.

»Ja«, gab Michael zu. »Aber dann haben sie Jabali ziemlich blöd angemacht. Wieso drücken die sich immer so in den Ecken herum? Die hecken da doch was aus.«

Ilka zog die Schultern hoch. »Und was geht uns das an? Soll'n sie doch, die Blödmänner.«

»Ja, wenn sie das zu Hause bei sich machen würden«, widersprach Michael. »Aber wenn die hier an der Bahn krumme Dinger drehen, fällt das nachher auf Masrat und seinen Vater und die ganze Bahn zurück.«

Ilka verstand. Wenn die Bahn erst mal als Treffpunkt für dunkle Gestalten in Verruf gekommen war, war eines klar: Ihre Eltern würden nicht weiter erlauben, dass sie hierherkamen.

»Du hast es erfasst«, bestätigte Michael seine Befürchtung. Und stellte erleichtert fest, dass die Jugendlichen sie noch nicht gesehen hatten.

In der Mitte ihres Kreises lag eine Tasche, prall gefüllt. Sie stand offen. Und die Jugendlichen zeigten immer wieder darauf. Was sich in ihr befand, konnte Michael aus dieser Entfernung nicht erkennen. Er konnte nur vermuten, dass das, was da in der Sonne glänzte, wieder etwas Metallisches war.

Auch an der Bahn hatten sie irgendein Metallding durch die Runde gehen lassen, erinnerte sich Ilka.

»Ich würde gern mal näher herangehen«, bat Michael.

»Muss das sein?«, nörgelte Ilka. »Was, wenn sie uns erwischen?«

»Erwischen?«, fragte Michael scheinheilig. »Wobei? Sobald sie uns sehen, begrüßen wir sie einfach und gehen direkt auf sie zu. Wir haben doch nichts angestellt. Sind einfach nur auf dem Weg zur Bahn. Machst du mit?«

Ilka ließ ein kurzes Lächeln aufblitzen. »Na gut. Ich hoffe nur, die sehen das genauso locker wie du.«

Michael und Ilka kamen hinter der Hausecke hervor und schlenderten scheinbar harmlos auf die Gruppe zu. Immerhin konnten sie jetzt schon verstehen, dass die Jugendlichen sich offenbar über irgendwelche Preise stritten.

Dann erst wurden sie entdeckt. Wieder von dem mit dem Ferrari-Shirt.

»Du schon wieder!?«, begrüßte er Michael in abfälligem Tonfall. Ilka schien er gar nicht wahrzunehmen. Beiläufig versuchte er, die überfüllte Tasche schnell zu schließen. Aber der Reißverschluss klemmte. Ein bunter Strauß abgeschnittener Kabel war zu erkennen.

Michael zog Ilka noch näher zu sich heran.

»Bist du immer so empfindlich?«, fragte Michael forsch. »Wer Sprüche austeilt, muss auch welche einstecken können. Findest du nicht?« Unauffällig streckte er seine Brust raus, damit alle das Vettel-Shirt erkennen konnten.

Sein Gegenüber ließ sich von dem Shirt allerdings überhaupt nicht beeindrucken. Im Gegenteil. Er verzog genervt das Gesicht.

»Ich bin übrigens Michael«, redete Michael einfach weiter. Dann zeigte er auf Ilka. »Und das ist …«

»… ein Mädchen!«, sagte der Ferrari-Typ und rümpfte dabei die Nase.

»Ilka!«, stellte Ilka nun selbstbewusst klar. »Und du?«

»King Kong!«, antwortete der schnippisch. »Ich entführe gern kleine weiße Mädchen!«

Die Runde lachte.

Und Ilka auch. »Ich wusste gleich, dass ich dich irgendwoher kenne«, antwortete sie schlagfertig. Nun hatte sie die Lacher auf ihrer Seite. Ein Typ mit glänzendem Gelhaar machte einen Schritt vor, fast so, als wollte er Ilka vor King Kong beschützen. »Rafael ist ein Spinner. Mach dir nichts draus«, sagte er und lächelte Ilka an. »Ich bin Patrick.«

»Patrick, der Schleimer«, rief Rafael dazwischen. Wieder Gelächter in der Gruppe. »Und? Ist noch was? Wolltet ihr nicht Kart fahren?«

»Klar«, antwortete Michael, wobei er einen raschen Blick in die Tasche warf und einen DVD-Player erkannte. So einen, wie man sie in Autos einbauen konnte.

»Na, dann fahrt doch. Wir wollen euch nicht aufhalten«, brummte das Ferrari-Logo.

»Machen wir«, versprach Michael.

Ilka atmete erleichtert durch. Sie setzte sich schon in Bewegung, um in die Halle zu gehen, als Michael nachhakte. »Wir dachten, wir machen ein Rennen gegen euch?«

Ilka blieb stehen und drehte sich verwundert zu Michael um. War der noch bei Trost?

Außerdem fuhren die Älteren mit der vollen Drehzahl. Die Karts der Jüngeren wurden über eine Fernsteuerung von den Betreibern gedrosselt. Das hatte sie in dem Prospekt gelesen. Da hatten sie also sowieso keine Chance. Wusste Michael das denn nicht?

Auch die Jugendlichen staunten Michael an.

»Ein Rennen? Gegen uns? Hast du Fieber, oder was?«

»Rennfieber!«, antwortete Michael. Aber niemand fand seinen Spruch lustig.

»Oder habt ihr Angst vor einem Rennen?«, setzte er schnell nach.

»Glaubst du, wir fahren ein Rennen mit Mädchen?« Rafael spuckte die Frage fast aus.

Ilka verzog das Gesicht. Ihr Mundwinkel zuckte vor Ärger.

»Abwarten!«, konterte Michael. »Warum sollte sie nicht einen neuen Streckenrekord aufstellen können! Ilka ist immer für eine Überraschung gut. Also, was ist?«

Ilka schüttelte den Kopf und verdrehte ihre Augen. Warum musste Michael manchmal so dick auftragen?

»Das geht doch gar nicht!«, flüsterte sie ihm zu.

»Wir fahren doch nicht mit den gedrosselten Gurken, mit denen ihr fahren müsst. Wir fahren mit der vollen Drehzahl! Mindestens«, entgegnete das Ferrari-Logo und deutete ein verächtliches Kopfnicken Richtung Halle an. »Und gleichzeitig dürfen die verschieden eingestellten Karts sowieso nicht auf die Bahn.«

»Mindestens?«, fragte Ilka. »Was bedeutet das denn? Könnt ihr die Leistung sogar noch erhöhen?«

»So könnte man es auch nennen.« Das Ferrari-Logo konnte nicht anders. Er musste sich einfach vor Michael und Ilka aufplustern. Obwohl Patrick ihn schon anblickte und stumm warnte, dass er nicht zu viel verraten sollte.

»Die Karts hier sind doch Kinderkram! Du kannst sie nicht tunen und ständig hat der Düsenputzer seine Finger dazwischen! Da verdienen wir uns lieber nebenher ein paar Euro und sparen auf eigene!«

»Wow! Dann versteht ihr richtig was davon und kennt viele Tricks!«, schwärmte Michael. Sie prahlten zwar, lästerten über Deniz und spielten sich auf, als gehöre die Kartbahn ihnen, aber ihr Wissen bewunderte Michael trotzdem. Eines Tages wollte er auch so viel wie die draufhaben.

»Na ja«, antwortete Ilka für ihn. »Dann machen wir unser Rennen eben in dreißig Jahren, wenn ihr mal eigene Karts habt. Komm, Michael.«

Jetzt zog sie ihn mit sich.

Michael stolperte hinter ihr her. »Bis später«, rief er den Jugendlichen noch zu.

Doch die schnalzten nur müde mit ihren Zungen und drehten sich wieder weg.

»Mann«, flüsterte Michael Ilka zu. »Die waren gerade so schön in Redelaune.«

»Ich glaube nicht, dass ich von denen wirklich mehr wissen will«, entgegnete Ilka.

Sofort besserte sich aber ihre Laune, als ihnen Deniz entgegenkam.

»Toll, dass du wieder da bist«, begrüßte er Ilka und lächelte sie unverhohlen an.

Michael verdrehte die Augen. Er fand, dass Deniz sich ziemlich aufdringlich bei Ilka einschleimte.

»Kannst du uns zwei Karts geben?«, fragte Michael.

Doch Deniz winkte ab. »Wagen zuteilen darf ich nicht. Ich bin hier nur für die Wartung und Pflege zuständig. Aber wenn ihr mal eine Frage habt, kann ich sie euch jederzeit gern beantworten.«

»Ja!«, fiel Michael ein. »Habt ihr auch frisierte Karts?«

Deniz sah ihn finster an, blickte dann über Michaels Schulter hinweg zur Eingangstür. »Ihr habt wohl

Patricks Clique draußen getroffen. Die glauben immer, sie wüssten alles besser. Wir fahren hier nur mit offiziellen und gesetzlich genehmigten Karts.«

»Und die nicht?«, wollte Michael über Patrick und seine Gruppe wissen.

Doch da kam Masrat und unterbrach das Gespräch.

»Hallo!«, begrüßte er Michael und Ilka ein wenig verwundert. »Diesmal hat deine Mutter gar nicht angerufen. Das nächste Mal meldet ihr euch besser wieder an. Dann können wir euch die Zeiten für eure Altersstufe durchgeben. Und ihr wisst doch: Ohne Einverständniserklärung mindestens eines gesetzlichen Vertreters läuft hier gar nichts!«

»Bitte schöööön!«, sagte Ilka und reichte ihm mit triumphierendem Lächeln das entsprechende Papier.

»Und du hast so was natürlich auch, nehme ich an?«, fragte Masrat Michael und wedelte mit dem Blatt.

Jetzt zückte auch Michael das Kuvert, in dem seine Eltern eine entsprechende Erklärung unterschrieben hatten.

»Gut, dann fangen wir mal mit zehn Minuten an und schauen dann weiter!«, erklärte Masrat und winkte den beiden zu, ihm in die Halle zu folgen.

Ilka fand zehn Minuten viel zu kurz: Kaum war man eingefahren, musste man die Strecke schon wieder verlassen. Andererseits wollte sie Masrat nicht widersprechen.

Im Gegensatz zu Michael.

»Warum nicht gleich dreißig Minuten?«, fragte er. »Wir brauchen keine Pause!«

»Das denken alle am Anfang«, widersprach Masrat. »Und dann passieren die blödesten Fehler wegen fehlender Konzentration. Das will ich vermeiden. Heute ist die Bahn gut befahren, wie ihr seht.«

Er zeigte auf die Bahn.

Vier Karts sausten an ihnen vorbei.

»Platz lassen, Kevin! Lass ihn vorbei!«, brüllte Masrat wütend hinterher. »Hier wird immer wieder gesperrt! Das geht nicht! Wir sind hier nicht auf dem Nürburgring«, schimpfte er weiter, während er Michael und Ilka die Helme übergab. »Man muss auch mal rechts ran und links überholen lassen!«

»Hast du gehört?« Grinsend stieß Ilka Michael in die Seite. »Mach Platz, wenn ich von hinten an dir vorbeiziehe.«

»Pft!«, machte Michael und verzog das Gesicht. Dann runzelte er ernsthaft die Stirn, weil er die Regel nicht einsah. Sie waren doch hier, um Rennen zu fahren. Seit wann machte man dem Hintermann

 Platz, damit der in aller Seelenruhe an einem vorbeizog? Das hatte er wirklich noch nie gehört. Im Gegenteil, man tat alles, um dem Verfolger den Weg zum Überholen zuzumachen. Er wollte gerade zum Widerspruch ansetzen, doch Masrat fuhr ihm über den Mund.

»Keine Diskussion! Und zehn Minuten zum Einfahren. Danach ist die Bahn wieder für alle frei!«

Michael verzog das Gesicht. »Das hab ich mir irgendwie anders vorgestellt!«, murmelte er in seinen Helm.

Die Jugendlichen hatten sich inzwischen an die Bande gestellt und schauten zu.

Vermutlich wollten sie sehen, ob Ilka wirklich so gut war, wie Michael behauptet hatte. Ilka spürte, wie die Jungs sie fixierten, nur darauf bedacht, dass sie einen Fehler machte, über den sie ablästern konnten.

Masrat gab das Startzeichen.

Ilka reagierte blitzartig. Noch bevor Michael überhaupt daran dachte, das Gaspedal zu treten, zog Ilka schon an ihm vorbei.

Michael zuckte direkt ein bisschen zusammen, fluchte und drückte sein Gaspedal durch.

Am Rande johlten die Jugendlichen, aber das bekam Michael zum Glück nicht mit. Michael ärgerte sich, dass er Ilkas Abgase schlucken musste. Er trat das Gaspedal, als wollte er es durch den Betonboden der Kartbahn rammen. Bis auf wenige Zentimeter fuhr er an Ilka heran.

Masrats Gebrüll von der Seite, gefälligst Abstand zu halten, hörte er auch nicht.

Die erste Kurve nach der langen Startgeraden war fast eine Wende. Danach folgte eine S-Kurve. Unmöglich, hier zu überholen, denn Ilka fuhr die Kurven geschickt so eng, dass Michael nicht vorbeikam. Ilka fuhr zügig, aber auch auf Sicherheit bedacht. Ganz im Gegensatz zu Michael. Der wäre gern schneller gefahren, aber Ilka hinderte ihn daran.

»Platz machen!«, brüllte Michael. »Weg da! Rechts ran! Verdammt!«

Obwohl er genauso wenig Fahrpraxis wie Ilka hatte, fuhr er, als sei er ein erfahrener Rennfahrer. Auf der Gegengeraden setzte er zum Überholen an.

Aber nun gab auch Ilka Gas. Die beiden Karts waren exakt gleich schnell, also reichte es für Michael nicht, um an Ilka vorbeiziehen zu können. Schon musste er wieder vom Gas runter, weil die nächste Kurve nahte, die Ilka so eng nahm, dass sie Michael schnitt und zum Bremsmanöver zwang.

Jetzt verstand Michael, warum die Jugendlichen am liebsten mit frisierten Karts fuhren. Es gab nichts Schlimmeres, als wenn man überholen woll-

te, aber die eigene Mühle unter dem Hintern nicht genug Speed bekam.

Michael schnaubte vor Wut.

»Maaaaaann!«, brüllte er. »Beiseite!«

Ilka fuhr unbeirrt weiter. Sie sauste als Erste über die Ziellinie der ersten Runde, wo die Zeit genommen wurde. Aber sie war zu konzentriert, als dass sie auf die Anzeigetafel hätte schauen können.

Die Jugendlichen hingegen lasen Ilkas Rundenzeit von der großen Digitalanzeige.

»Wirklich nicht schlecht, die Kleine!«, bemerkte Patrick. Gleichzeitig beobachteten sie, wie Michael hinter Ilka immer unruhiger wurde.

Michael schaute aufs Lenkrad, ob es nicht eine Hupe gab. Gab es natürlich nicht. Nach der S-Kurve würde er an Ilka vorbeiziehen. Er nahm es sich fest vor.

Zentimeternah jagte er Ilka durch die S-Kurve, scherte gleich danach nach links aus, denn die folgende Kurve führte linksherum. Wenn er also jetzt sofort Vollgas gab, hatte er eine Chance, die Kurve mit einem hauchdünnen Vorsprung vor Ilka zu erreichen. Ilka würde dann abbremsen müssen.

Mit Vollgas fuhr er haarscharf zwischen Ilka und der Seitenbande durch, wobei er den Kopf weit nach vorn beugte, um noch ein wenig windschnittiger zu sein.

Ilka erschrak kurz durch das waghalsige Manöver

von Michael. Sie zog nach rechts, um ihm mehr Platz zu geben, und ging automatisch etwas vom Gas. Unter keinen Umständen wollte sie rechts mit der Bande kollidieren.

Michael raste vorbei. Kurz drehte er sich nach Ilka um.

»Yeah!«, schrie er sich die Begeisterung und den Stolz aus dem Leib, sich durch das riskante Überholmanöver an die Spitze gesetzt zu haben.

Dadurch konzentrierte er sich zu wenig auf die kommende Rechtskurve. Zu spät bremste er ab. Im letzten Moment versuchte er noch gegenzulenken. Doch es ging alles zu schnell. Mit Karacho schredderte er in die Bande, schrappte mit einem widerlich kratzenden Geräusch ein kurzes Stück an ihr entlang, bis die Schnauze seines Wagens und beide Vorderräder sich in die Reifenstapel bohrten und dort stecken blieben. Automatisch leuchteten überall über der Bahn die gelben Lampen auf.

Ilka erschreckte sich zu Tode. Sofort bremste sie und sah sich besorgt nach Michael um.

Auch die anderen vier Fahrer auf der Bahn bremsten und blieben, wie es die Regeln vorschrieben, an der rechten Seite stehen.

Michael saß zitternd hinter dem Steuer. Angst

 und Schrecken schossen ihm in die Glieder. Für einen Moment wusste Michael nicht, was geschehen war. Er sah aus dem Augenwinkel, wie von der einen Seite Masrat angelaufen kam und auf der anderen die Jugendlichen grölten. Klar, dass die sich über ihn lustig machten. Auch sie kamen näher, um den Vorfall besser sehen zu können. Eine Absperrung hielt sie auf circa fünf Meter Abstand.

»Das war 'ne richtig gute Crash-Show!«, rief ihm Patrick begeistert zu und zeigte ihm den erhobenen Daumen. »Und die Kleine hat echt was drauf!«

»Typisch Anfänger!«, rief Rafael. »Lässt sich von 'nem Mädchen zersägen!«

Michael erhob sich aus dem Sitz.

»Sitzen bleiben!«, befahl Masrat. »Ist alles in Ordnung?«

»Ich glaub schon«, antwortete Michael kleinlaut. »Außer das Kart …«

»Wichtig ist, dass dir nichts passiert ist«, beruhigte Masrat ihn. »Den Rest macht Deniz.«

Ilka wäre gern zu Michael gelaufen, um nach ihm zu sehen. Aber sie wusste, dass sie jetzt nicht aussteigen durfte, und wartete diszipliniert in ihrem stehenden Kart auf weitere Anweisungen.

»Vielleicht nächstes Mal doch wieder auf 'nem Dreirad fahren«, lästerte Rafael von der Seite.

Masrat drehte sich nur kurz zu ihm um.

»Soll ich ihm mal das Foto von der Mühle zeigen,

die du zu Schrott gefahren hast, Rafi?«, rief er Rafael zu.

Rafael verstummte. Patrick und die anderen Jugendlichen lachten. Sie alle waren dabei gewesen, als Rafael sich dreimal um sich selbst gedreht hatte, bevor er in die Leitplanke gedonnert war.

Masrat half Michael, aus dem Kart auszusteigen, während Deniz schon angerannt kam, um den Schaden zu inspizieren. Zuerst sah es so aus, als wollte Deniz zu Ilka stürzen, die er breit anlächelte, bevor er sich dann doch Michaels Kart zuwandte.

»Alles halb so schlimm! Das passiert hier jeden Tag ein Mal, ist also nichts Besonderes!«, beschwichtigte Masrat weiter.

»Ich glaube, die Lenkung war defekt«, teilte Michael Deniz mit ernster Miene mit.

Ilka, die noch immer nur einige Meter weiter in ihrem Kart saß, lächelte erleichtert.

Solange Michael Ausreden für seine Fehler fand, brauchte sie sich keine Sorgen um seinen Gesundheitszustand zu machen.

Sie wartete geduldig auf weitere Anweisungen. Insgeheim ärgerte sie sich aber auch ein bisschen. Denn die Uhr lief und lief. Ilka stellte sich vor, wie die ablaufenden Minuten ihren Berg Zwei-Euro-

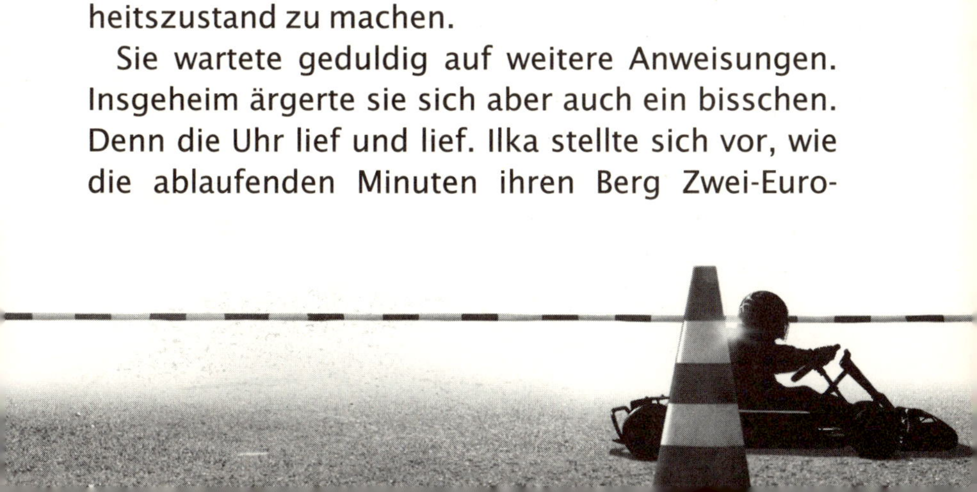

 Münzen in der Zwischenzeit zusammenschmelzen ließen.

»Wann geht's denn endlich weiter?«, fragte einer der anderen Fahrer mit geöffnetem Visier.

»Steig erst mal aus und geh zur Boxengasse! Du bekommst gleich ein anderes Kart zugewiesen!«, sagte Masrat und klopfte Michael ermunternd auf die Schulter. Ilka und die anderen wies er an, zur Ziel- und Start-Zone zu fahren, um dort gemeinsam mit Michael erneut zu starten.

»Hau ruck! Hau ruck!«, kommandierte Masrat und ruckelte gemeinsam mit Deniz an dem Kart. Nach vier, fünf Versuchen gelang es mit vereinten Kräften, die Räder zu befreien. Die vordere Schutzfront war seitlich verschoben und insgesamt ziemlich schief. Deniz regulierte den Schaden mit ein paar Handgriffen und fuhr Michaels Unfallkart dann langsam in die Werkstatt.

»Eine reine Sicherheitsmaßnahme«, erklärte Masrat. »Deniz checkt die Spur und korrigiert die Karosserie!«

»Und die Lenkung«, behauptete Michael wieder.

Masrat schmunzelte nur und winkte ab. »Unsere Gokarts sind zuverlässig. Auch die Lenkung! Nur lenken muss der Fahrer immer noch selbst.«

Riskantes Manöver

»Was war los mit dir, Michael?«, fragte Ilka, als sie bei ihm ankam.

»Die Lenkung«, behauptete Michael.

Ilka lächelte ihn an. »Deniz hat mir gerade noch mal gesagt, dass das Kart garantiert in Ordnung war. Und ich bin auch extra rechts rangefahren, um dich vorbeizulassen. Ich finde Sicherheit nämlich wichtiger als Siege.«

Michael verzog das Gesicht. »Okay«, räumte er ein. »Ich bin wohl zu schnell in die Kurve gegangen.« Sein Blick huschte kurz hinüber zu den Jugendlichen, die ihn irgendwie nervös machten.

»Ich kann dir 'nen guten Tretroller verkaufen!«, rief Rafael ihm zu.

Michael kniff die Lippen zusammen und warf Rafael einen wütenden Blick zu.

»Gar nicht hinhören, Michael!«, versuchte Ilka ihn zu beruhigen. »Ein Streit mit denen bringt doch nichts.«

»Hast recht«, stimmte Michael ihr zu. »Aber irgendwie hab ich ein ungutes Gefühl, dass die immer da sind. Und nie fahren sie. Was wollen die eigentlich hier?«

Ilka zog die Schultern hoch. »Deniz hat erzählt, dass die eigene Fahrtzeiten buchen, also zum Beispiel einen ganzen Nachmittag, an dem sie nur mit bahnfremden Karts fahren. Und du hast recht. Bald haben sie sogar eigene. Keine Ahnung, wie die das bezahlen.«

Michael zog die Stirn kraus. »Und warum sind sie dann heute hier?«

»Ist doch kein schlechter Treffpunkt«, glaubte Ilka. »Besser als auf einem Spielplatz rumzuhängen, oder?«

»Meinst du?«, fragte Michael.

Ilka nickte ihm zu. »Und die Jüngeren von denen fahren auch mit den gedrosselten Karts, wie wir.«

»Aha«, staunte Michael nur darüber, was Ilka bei Deniz schon alles in Erfahrung gebracht hatte.

Masrat kam dazu und zeigte Michael, welches Kart er in der nächsten Runde benutzen sollte. »Damit geht's weiter! Diesmal aber mit mehr Gefühl!«

Michael nickte kaum sichtbar.

»Komm, wir fangen einfach von vorne an!«, ermunterte ihn Ilka.

»Okay!« Michael war einverstanden.

Doch im gleichen Moment richtete sich seine Aufmerksamkeit wieder auf die Jugendlichen, unter denen plötzlich ein Streit ausgebrochen war.

Rafael zerrte an Patricks Haaren, stieß ihn und schimpfte auf ihn ein.

Patrick wehrte sich nur halbherzig, weil er die dicke Tasche schulterte, die seine Bewegungsfreiheit stark einschränkte.

Die zwei anderen, die Michael deutlich jünger als Patrick und Rafael einschätzte, standen tatenlos daneben. Offenbar trugen die beiden Streithähne eine Angelegenheit aus, die nur sie etwas anging, oder die beiden standen auf Rafaels Seite.

Jetzt war Michael sicher, dass mit dem Inhalt der Tasche irgendwas nicht stimmte. Denn sonst hätte Patrick sie abgelegt, um sich zu wehren.

Plötzlich schoss Rafaels Faust in Patricks Bauch. Der krümmte sich weit nach vorne, hielt aber die Tasche immer noch fest, die von seiner Schulter zu rutschen drohte.

Doch Patrick war bei Weitem nicht so hilflos, wie es aussah. Aus seiner gebückten Haltung, in der er sich noch den schmerzenden Magen hielt, schoss er plötzlich und unerwartet empor, ließ seinen rechten Arm vorschnellen und schlug mit der Handkan-

 te auf Rafaels Nase. Viel schneller hätte nicht einmal Linh diesen Schlag setzen können.

»Au, Scheiße!«, jaulte Rafael, taumelte zurück und versuchte mit der einen Hand das Blut, das aus seiner Nase floss, zu stoppen, während er mit der anderen ein Taschentuch aus seiner Hosentasche zerrte.

»Was ist denn nun schon wieder?« Deniz ließ sein Werkzeug fallen, mit dem er gerade die letzten Einstellungen an Michaels Kart vornehmen wollte, und stürmte auf Rafael zu. »Mein Vater hat euch gewarnt! Noch eine Schlägerei und ihr bekommt endgültig Hausverbot!«

Doch die Jugendlichen winkten ab. Rafael war ohnehin zu sehr mit seiner blutenden Nase beschäftigt.

Michael stand unschlüssig herum. Er wusste nicht, ob er wie geplant in seinen Kart steigen oder lieber genauer nachsehen sollte, was dort vorgefallen war.

Ilka entschied sich schneller. Sie sah, dass Rafael nicht so recht wusste, was er gegen die Blutung unternehmen konnte, und immer wieder hilflos seinen Kopf in den Nacken legte.

Masrat stand ohnehin nicht bereit, um das Startsignal zu geben. Da konnte sie ebenso gut helfen. Außerdem benötigte Deniz vielleicht auch Unterstützung.

Sie ging auf Rafael zu und wies ihn an: »Kopf nach vorne beugen und was Kaltes in den Nacken!« Und fragte Deniz nach einem feuchten Tuch.

Deniz nickte ihr zu und lief los.

»Und wenn du hast, einen spitzen Gegenstand!«, rief Ilka ihm noch nach.

»Spitzen Gegenstand? Hab ich!«, sagte Michael, der Ilka gefolgt war, und zog sein Schweizer Taschenmesser aus der Hose.

Ilka klappte das Teil heraus, mit dem man wohl sonst Löcher in eine Dose pieksen sollte, und drückte die Spitze fest auf die Fingerkuppe von Rafaels linkem Mittelfinger, denn das Blut tropfte aus seinem linken Nasenloch.

Rafael wollte seine Hand erst wegziehen, doch Ilka hatte sie fest im Griff und drückte weiter.

Patrick und die anderen beiden Jugendlichen staunten über Ilkas Behandlung.

»Eine alte koreanische Behandlungsmethode«, erklärte Michael, der wusste, dass Ilka diesen Trick gegen Nasenbluten von Linh gelernt hatte.

Tatsächlich hörte das Nasenbluten schon nach wenigen Sekunden auf. Aber noch bevor Rafael sich darüber freuen und sich gar bei Ilka bedanken konnte, tauchte Masrat auf.

Ohne Vorwarnung stampfte er auf Patrick zu, riss ihm die Tasche von der Schulter und schleuderte sie in hohem Bogen zum Ausgang.

»Raus hier!«, brüllte er.

Als die Tasche auf dem Boden landete, polterten darin mehrere Metall- und Kunststoffteile aneinander.

Patrick und der gerade erst wieder genesene Rafael sprinteten zur Tasche. Patrick erwischte sie als Erster und stürmte damit raus. Rafael jagte hinterher.

Deniz kam mit dem feuchten Lappen und erkannte, dass er zu spät war.

»Was war denn eigentlich los?«, fragte Michael. »Und was war da in der Tasche?«

»Ach, immer das Gleiche mit denen!«, schimpfte Masrat vor sich hin. »Kümmert euch nicht drum. Wenn ihr fahren wollt, dann los. Wir starten!«

Michael und Ilka staunten sich kurz an, dann entschieden sie, zum Start zu gehen.

Selbst die beiden Jüngeren, die zu Patrick und Rafael gehörten, standen unschlüssig da und wussten nicht so recht, was sie tun sollten.

»Wir haben noch ein paar Fahrminuten gut!«, bemerkte der eine. »Die könnten wir jetzt doch abfahren, oder?«

»Okay, Jungs«, stimmte Masrat zu. »Ihr könnt nichts dafür, dass die Großen sich ständig in der

Wolle haben. Ihr dürft eine Runde mitfahren. Danach haut ihr ab und sagt Patrick und Rafael, dass ich sie hier nicht mehr sehen will.«

Die Jugendlichen nickten ihm etwas zögerlich zu und ließen sich von Deniz zwei Karts geben.

»Die sind viel jünger als Patrick und Rafael«, bemerkte Ilka und stupste Michael an. »Wahrscheinlich in unserem Alter.«

Michael nickte nur, stieg in das neu zugeordnete Kart, schloss sein Visier und wartete gespannt auf das Startsignal.

Die vier, die ihre Fahrt wegen Michaels Crash unterbrechen mussten, waren nicht mehr in Sichtweite. Vermutlich saßen sie gerade oben im Restaurant vor einem der vielen Simulationsgeräte, mit denen sie den Nürburgring entlangrasten.

Aber andere standen schon an der Bahn und warteten darauf, dass es nach dem Zwischenfall endlich weiterging.

Ilka freute sich. Denn natürlich war es viel interessanter, zu acht oder zu sechst auf der Bahn zu fahren, als zu zweit.

Diesmal startete Michael merklich gefühlvoller. Ein schneller Start war auch gar nicht möglich. Denn die beiden Jungs waren aus der Poleposition gestar-

tet. Dahinter vier Kinder, die – so vermutete Ilka – sicher auch noch nicht oft gefahren waren und von ihren Eltern ebenso aufgeregt wie aufmerksam beobachtet und angefeuert wurden. Dann erst kam Michael und ganz zum Schluss startete Ilka. Das war eine interessante Aufgabe, fand sie. Schon in der ersten Runde gelang es ihr im Schlepptau von Michael, zwei der Kinder vor sich zu überholen.

Wie Ilka es sich gedacht hatte. Die fuhren noch nicht lange und trauten sich unter der ständigen Beobachtung ihrer Eltern auch keine riskanten Manöver zu. In der zweiten Runde überholten Ilka und Michael auch die anderen beiden Kinder. Jetzt erst konnten sie versuchen, sich langsam an die beiden vorderen Jungs heranzutasten. Ilka glaubte nicht, dass sie es schaffen würden. Dafür war ihr Abstand schon zu groß geworden.

Doch da passierte es. Der Hintere von beiden versuchte, seinen Kumpel zu überholen. Doch der zog sofort links rüber und nötigte seinen Freund, scharf abzubremsen.

Ilka wunderte sich, dass Masrat nicht sofort das Rennen abbrach. Es war genau das Manöver, das er hier auf der Bahn nicht sehen wollte. Und während der Junge noch darüber fluchte, wie sein Freund ihn ausgebremst hatte, und versuchte, wieder richtig in die Spur zu kommen, zogen Michael und Ilka schon an ihm vorbei.

Der Typ schnaubte vor Wut, trat aufs Gas und jagte hinterher.

Ilka ließ sich nicht aus der Ruhe bringen und blieb beharrlich bei ihrer Fahrlinie. Sie versuchte, den Fahrstil des Jungen an der Spitze nachzuahmen. Aber dabei fühlte sie sich überhaupt nicht wohl. Ständig schnitt der die Kurven viel zu knapp, zwei Mal streifte er sogar die Bande.

Der hinter ihr versuchte, sie zu überholen.

Ilka wusste, eigentlich hätte sie jetzt rechts rüberfahren und ihn vorbeiziehen lassen müssen. Doch das sah sie gar nicht ein. Der Junge zog nach innen und wollte sich in der Kurve an ihr vorbeizwängen. Ilka zog links rüber. Wieder musste der Junge scharf bremsen.

»Bleib bei deiner Linie!«, rief Deniz Ilka vom Rand aus zu.

Doch das hörte Ilka nicht.

Der Verfolger fiel zurück, holte diesen Abstand aber schnell wieder auf. Und klebte erneut an Ilka.

Nun wurde es Ilka doch zu unangenehm. Wenn der Typ so weitermachte, würde er sie noch in einen Unfall verwickeln. Das ist der Spaß nicht wert, dachte Ilka bei sich. Auf einer Geraden zog sie nach

 rechts und winkte ihm, links vorbeizufahren. Der ließ sich nicht zweimal bitten. Mit Vollgas zog er vorbei und heftete sich sofort an Michaels Stoßstange.

Ilka sah, wie er nun eine Hand vom Lenkrad löste und gezielt neben sich griff. Und wieder zwängte er sich in der Kurve dazwischen. Diesmal glückte es ihm, sodass Michael nichts anderes übrig blieb, als ihn vorbeiziehen zu lassen. Sonst wäre es zu einem Unfall gekommen.

Nun fuhren die beiden Jungs wieder vorn und lieferten sich dort einen erbitterten Kampf.

Ilka fiel auf, dass auch der zweite, besonders bei langen Geraden, nach unten zum Motor griff. Obwohl Ilka – und auch Michael – sich von Runde zu Runde steigerten, gelang es ihnen nicht, den Anschluss an die beiden zu halten. Ganz im Gegenteil. Die Jungs zogen mit halsbrecherischen Manövern ihre Runden und vergrößerten den Abstand mehr und mehr.

Als Masrat für alle die Abschlussrunde anzeigte, startete Michael noch einmal durch. Denn die beiden Jungs wurden merklich langsamer.

Masrat sah Michaels Aktion und wirbelte mit der schwarz-weiß karierten Flagge in der Luft.

»Vom Gas runter, verflucht noch mal!«, schimpfte er.

In der letzten Runde war Überholen strengstens

verboten, stattdessen sollten alle Fahrer auf der Strecke langsam an den Zielbereich heranfahren.

Während sie durchs Ziel rollten, beobachtete Ilka, wie die beiden Jungs sich verschwörerisch angrinsten und mit einem unauffälligen Handgriff etwas in ihrer Tasche verschwinden ließen. Als alle Fahrer eingetroffen und stehen geblieben waren, gab Masrat das Zeichen zum gemeinsamen Aussteigen.

»Was ist heute nur los?«, schimpfte er und nahm sich die vier Erstplatzierten der Reihe nach vor. Als Erstes den Jungen mit der wahnsinnigen Aufholjagd. »Eigentlich hätte ich sofort abbrechen müss-sen! Was glaubst du, wo du hier bist! Wenn Ilka sich nicht besonnen und dich hätte vorbeiziehen lassen, hätte ich abgebrochen.«

Der Junge zog eine Schmollschnute.

Ilka fühlte sich geschmeichelt, aber auch sie bekam sofort ihren Anschnauzer.

»Und du bist vorher auch einfach quer links rübergezogen. Das hab ich nur zugelassen, weil er diesen Dämpfer verdient hatte und sonst gerade niemand gefährdet wurde!«, schimpfte Masrat weiter. Danach nahm er sich Michael zur Brust.

»Was sollte dein unsinniger Sprint in der letzten Runde?«, fragte er gereizt. »Meinst du, ich wedle

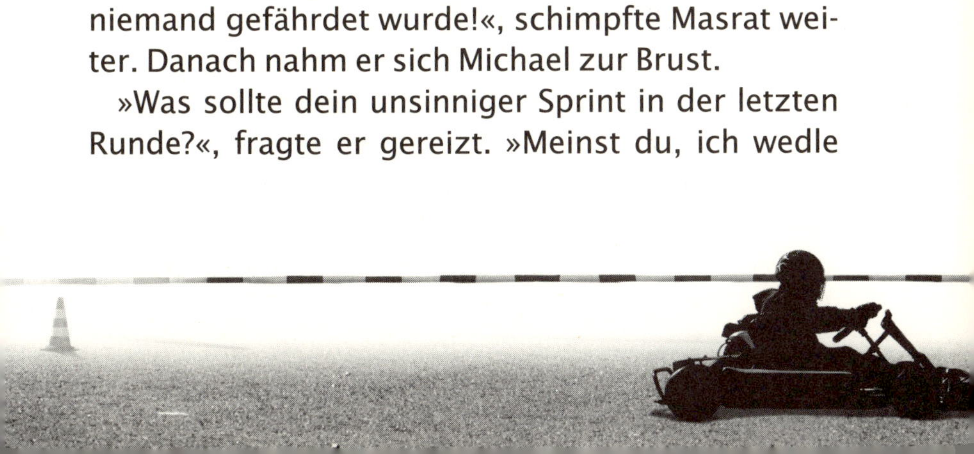

 hier mit der Fahne, um meine Oma zu grüßen? Schreib dir unsere Regeln hinter die Ohren!«

Alle vier senkten die Köpfe und wollten sich trollen, doch Masrat war noch nicht fertig.

Noch einmal nahm er sich die beiden Jungs vor: »Denkt nicht, ich hätte nicht bemerkt, wie ihr an den Karts gefummelt habt. Zur Strafe bleibt ihr noch hier und helft mir als Küchenjungs. Denn gleich gibt's hier eine besondere Geburtstagsfeier. Mit sechzig Gästen. Da gibt es eine Menge zu spülen!«

Die Jungs schauten sich mit sauren Mienen an.

»Aber wir haben noch einmal zehn Minuten!«, forderte Ilka ein.

»Stimmt!«, gab Masrat zu. »Aber nicht mehr heute.« Entschuldigend zog er die Schultern hoch. »Die kannst du das nächste Mal abfahren.«

»Mist!«, rutschte es Ilka heraus. Aber wenn sie ehrlich war, musste sie sich auch eingestehen, dass das Kartfahren diesmal bei Weitem nicht so viel Spaß gemacht hatte wie an Michaels Geburtstag. Die riskanten Überholmanöver, die Klopperei zwischen Rafael und Patrick, die dummen Sprüche, die seltsame Tasche mit den Metallteilen und dann auch noch die Standpauke von Masrat. Ilka hatte für heute eigentlich die Nase voll.

Missmutig zog sie gemeinsam mit Michael nach Hause.

»Weißt du, was die da während der Fahrt immer gemacht haben?«, fragte Ilka Michael, als sie beide im Bus nach Hause saßen.

»Wer?«, fragte Michael nach.

»Na, die beiden aus Patricks Gruppe. Ich weiß gar nicht, wie die heißen«, erklärte Ilka. »Die haben da immer irgendwie an ihren Motoren rumgefummelt. Masrat hatte doch auch davon gesprochen. Was hat er gemeint?«

Michael nickte. Nach Masrats Bemerkung hatte er einen der Jungs gefragt, während er noch auf Ilka gewartet hatte.

Die Jungs hatten sich erst wissend angegrinst, einen Moment gezögert, ob sie es Michael erzählen sollten, aber dann hatte die Wichtigtuerei doch über die Geheimniskrämerei gesiegt.

»Das ist ein Trick zum Tempomachen«, erklärte Michael. »Die Luft abwürgen, choken nennt man das! Vor dem Vergaser sitzt der Luftfilter. Hält man den kurzfristig zu, kann dem Motor Luft abgedreht werden.«

»Aha!«, staunte Ilka. »Ich weiß nicht mal, was ein Vergaser ist.«

Michael stutzte. Offen gestanden wusste er das auch nicht.

»Egal«, winkte er ab. »Jedenfalls saugt der Motor dann in dem Moment nur Sprit an, keine Luft mehr, und das heißt, er läuft schneller.«

Ilka verstand. Wenn sie beim Schwimmen sprintete, atmete sie auch weniger und seltener, als wenn sie auf Strecke schwamm. Vielleicht war das vergleichbar?

»Würde man den Luftfilter komplett dicht machen, würde der Motor zu heiß laufen und bald ganz ausfallen. Aber mal so zwischendurch bringt das gehörig Speed beim Überholen«, erläuterte Michael.

»Und das ist erlaubt?«, fragte Ilka. »Das ist doch auf Dauer bestimmt nicht gut für die Motoren.«

»Deshalb hat Masrat sie ja auch angemotzt«, berichtete Michael. »Mit den Karts von der Bahn ist das natürlich nicht erlaubt, und was die mit den geliehenen oder eigenen Karts machen, wenn sie ihre Sonderzeiten haben, interessiert ihn nicht.«

»Und dass die sich die Nase platt hauen, das wirft doch auch kein gutes Licht auf die Bahn. Wieso lässt Masrat die überhaupt noch rein?« Ilka wäre es wirklich lieber, Rafael und die anderen würden sich gar nicht mehr blicken lassen.

Michael zuckte mit den Schultern. »Ich glaube, der sitzt auch in der Zwickmühle. Ausgerechnet die, die am meisten begeistert vom Kartfahren sind und die meiste Ahnung haben, machen ihm die größten Schwierigkeiten. Da drückt man bestimmt öfter ein Auge zu.«

Das konnte sich Ilka auch gut vorstellen. Aber diesmal hatte Masrat Rafael und Patrick ja rausgeworfen. Und wenn sie Glück hatten, dann ließen die sich nicht mehr blicken. Doch sie musste zugeben, dass sie das Gegenteil befürchtete.

Aufgemotzt

Ilka hatte nicht geahnt, dass ihr Training so kurz sein würde, darum blieb ihr noch Zeit genug, um auf dem Rückweg bei Linh vorbeizuschauen. Die hatte Pflanzen-Inventur. So nannte sie es, wenn sie in einer riesigen Aktion allen Pflanzen eine Dusche verpasste und sie bei der Gelegenheit fotografisch dokumentierte. Das bedeutete ziemlich viel Aufwand, denn Linhs Zimmer war ein kleiner botanischer Garten, angefüllt mit den schönsten exotischen Pflanzen.

»Was für eine nette Überraschung!«, freute sie sich, als Ilka vor ihrer Tür stand. »Hältst du mal?« Sie reichte Ilka einen Kaktus mit außergewöhnlich langen Stacheln. Mit wenigen Handgriffen rückte sie ein paar Blumentöpfe und den Sack mit frischer Erde zur Seite. So war der Weg zu ihrem Bett schnell freigelegt, auf dem Ilka es sich gemütlich machen sollte. Das war typisch für Linh. Es gab eigentlich keinen Zeitpunkt, zu dem man nicht willkommen war. Immer unterbrach sie ihre Tätigkeit, was auch immer das war, zugunsten der Gäste. Sogar ihre täglichen Meditationen, und das wollte etwas heißen. Sie nahm Ilka den Kaktus wieder ab, stellte ihn ans Fußende des Bettes und streifte ihre Gartenhandschuhe ab.

»Und?«, fragte sie neugierig. »Erzähl mal, wie läuft's denn auf der Rennstrecke?«

Ilka berichtete ihr von ihrer Enttäuschung wegen des abgebrochenen Trainings und von den Jugendlichen, von den Vorfällen und der seltsamen Tasche. »Ich vermute, die haben da richtig krumme Dinger laufen. Michael glaubt das auch.«

»Mal ganz langsam, nicht zu voreilig!«, warnte Linh. »Was wisst ihr denn genau?«

Ilka gab zu, dass sie nichts Näheres wusste. »Jedenfalls gab es wohl schon öfters Ärger, sonst hätte Masrat sie nicht rausgeworfen. Deniz hatte sie vorher auch daran erinnert, dass ein Hausverbot angedroht worden war.«

»Hausverbot? Das können sich die doch gar nicht leisten. Die müssen sich sicher um jeden Gast bemühen und da schicken sie bestimmt niemanden wieder weg.«

»Aber sieh dir die Typen doch nur an!«, wetterte Ilka weiter. »Die vermiesen die ganze Stimmung an der Bahn. Und wenn sie mal fahren, dann richtig gefährlich!« Ilka zog eine Schnute und schlug trot-

 zig auf das weiche Bett. »Ich will mir das aber nicht vermiesen lassen! Nicht von denen!«

In dem Moment klingelte Linhs Handy.

»Das ist Michael«, sah sie auf dem Display.

»Hallo, Michael!«, meldete sie sich. »Was gibt's?«

»Morgen komme ich nicht zur Mathenachhilfe. Können wir die auf Freitag verschieben?«, platzte Michael sofort heraus.

»Was ist denn so wichtig, dass du nicht kommen kannst?«, fragte Linh verwundert und stellte auf Lautsprecher, sodass Ilka mithören konnte.

»Ich habe morgen was vor«, drückte Michael sich um eine genauere Antwort. Die Fünf Asse informierten sich meistens gegenseitig darüber, was sie vorhatten, wenn sie nicht sowieso etwas gemeinsam machten. Umso ungewöhnlicher war es, dass Michael nichts Genaueres sagte.

»Du hast was Wichtigeres vor, als deinen nächsten Mathetest zu bestehen und damit deine Versetzung zu sichern?«, wunderte sich Linh. »Jetzt mach's doch nicht so spannend!«

»Ich will auf die Bahn! Patrick und Rafael kommen morgen zum ersten Mal mit ihren eigenen Karts.«

»Die haben schon eigene Karts?«, wunderte sich Ilka. »Ich dachte, die sparen erst drauf?« Sie verzog das Gesicht, weil sie befürchtete, dass die beiden sich nun noch mehr aufspielen würden, wenn sie eigene Fahrzeuge besaßen.

»Ich dachte, Masrat hat die gerade rausgeworfen?«, wunderte sich Linh.

»Ja, stimmt«, bestätigte Michael. »Das ist es ja. Die haben wohl 'nen Rennclub gegründet und als Club für einige Stunden die Bahn gemietet. Genaueres weiß ich jetzt auch nicht. Auf jeden Fall fahren die morgen damit. Das will ich mir unbedingt ansehen. Die sind bestimmt super frisiert!«

»Frisiert?«, feixte Linh. »Haben Rafael und Patrick jetzt schöne Löckchen?«

»Ha, ha«, stöhnte Michael über den müden Witz. »Doch nicht die. Die Karts sind aufgemotzt. Ich will sehen, was die draufhaben.«

»Warte mal!«, sagte Linh und fragte Ilka stumm, ob sie nicht mitgehen wollte.

Ilka überlegte. Die Vorstellung, wieder auf die Jugendlichen zu treffen, behagte ihr eigentlich nicht. Andererseits war sie zu neugierig. Auch sie würden die Karts interessieren. Und sicher konnte Deniz ihr ein paar Details dazu erklären. Zudem gefiel es ihr recht gut, einen Anlass zu haben, Deniz wiederzusehen. Also nickte sie.

»Na, das passt doch gut!«, freute sich Linh. »Dann fahren wir morgen gemeinsam hin. Gerade

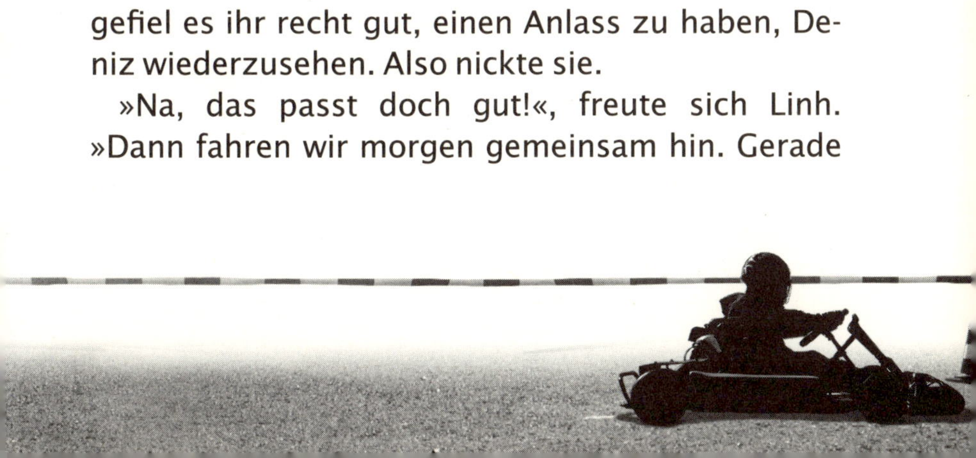

hat Ilka mich für morgen dorthin eingeladen!« Linh zwinkerte Ilka zu.

»Ach ja?« Michael schien sich darüber nicht besonders zu freuen. »Das liegt doch nur an dem Düsenputzer, Ilka interessiert sich doch nicht wirklich für die Technik!«

»Na und? Eifersüchtig?«, feixte Linh. »Deswegen komme ich ja auch noch mal mit. Ich hab da nämlich auch ein paar technische Fragen.«

Widerwillig stimmte Michael Linhs Vorschlag zu, gemeinsam mit dem Bus zur Halle zu fahren.

Jabali hingegen war heilfroh, kein zweites Mal zur Kartbahn fahren zu müssen. Stattdessen hatte er sich mit Lennart zu einem Radtraining verabredet.

»Endlich wieder frischen Fahrtwind um die Nase! Diese Abgasluft! Brrrr«, sagte er zu sich selbst und schüttelte sich bei der Erinnerung an Michaels Geburtstagsüberraschung. Er pumpte beide Reifen knallhart auf 8 Bar auf, kontrollierte die Bremsen, die Schaltung und die Kette und trug dann sein Rennrad aus dem Keller vors Haus. In Gedanken ging er noch mal durch, ob er alles hatte: Helm auf dem Kopf, Handschuhe, Trinkflaschen, Sonnenbrille. Ersatzschlauch und das dazugehörige Werkzeug lagen in der Satteltasche.

Alles klar, sagte er sich. Fehlte nur noch Lennart. Aber weit und breit war niemand zu sehen. Die

Nachbarn zur Linken waren, wie an den heruntergelassenen Rollläden zu erkennen, außer Haus. Das Haus zur Rechten stand schon seit Monaten leer und zum Verkauf. In dieser kleinen Anliegerstraße war nie viel los. Lennart würde jeden Moment um die Ecke gerast kommen, hoffte Jabali. Er betrachtete stolz sein Rad, das er gestern Abend extra noch geputzt hatte, und nahm sich vor, mit Lennart über den Wechsel seines Lenkerbandes zu sprechen. Lennart hatte erst kürzlich sein schwarzes durch ein weißes ausgetauscht, was verdammt gut aussah. Jabali war es zu teuer, es in der Werkstatt wickeln zu lassen. Selbst traute er es sich aber auch nicht zu. Lennart hatte seines selbst gewickelt und bestimmt würde er ihm helfen. Lennart interessierte sich sehr für alle technischen Feinheiten, ganz im Gegensatz zu Jabali.

Jabali tastete die Rückentaschen seines Trikots ab.

»Mist! Meine Kohlehydrate!«, fluchte er und schlug sich mit der flachen Hand auf die Stirn. Jetzt hatte er doch noch etwas vergessen: die Energieriegel, von denen er sich vor jeder Ausfahrt zwei in die Taschen steckte. Blitzschnell kehrte er noch mal ins Haus zurück, was äußerst umständlich war.

Denn fürs Rennrad hatte er kein Schloss. Zu großes Gewicht. Also schulterte Jabali das Rad und klackerte damit in seinen Klickpedalschuhen zurück ins Haus.

In der Zwischenzeit kam Lennart um die Ecke gesaust. Als er Jabali nicht am Straßenrand auf ihn warten sah, befürchtete er, dass Jabali ihre Verabredung vergessen hatte oder vielleicht sogar schon losgefahren war. Lennart musste zugeben, dass er vier Minuten zu spät war. Er schaute sich um und überlegte gerade, was er tun sollte, bei Jabali klingeln oder weiterfahren zu der Strecke, die sie heute fahren wollten. Doch da kam Jabali schon aus der Haustür.

»Hey«, grüßte er Lennart, setzte sein Rad ab, schloss die Haustür hinter sich, fummelte die Riegel hinten in seinen Taschen zurecht und schob mit seinem Rad zu Lennart. Im gleichen Moment schoss ein Wagen mit irrem Karacho um die Ecke, von hinten direkt auf Jabali zu.

»Vorsicht!«, schrie Lennart.

Jabali drehte sich um.

Der Wagen machte einen Schlenker an Jabali vorbei, die Reifen quietschten, der Wagen kam ins Schleudern und erfasste Jabalis Rennrad mit dem Heck. Jabali ließ sein Rad los und hechtete reflexartig zur Seite. Der Wagen kickte das Rad weg, als handelte es sich um eine neue Ballsportart. Das Rad flog einige Meter an Jabali vorbei, krachte auf den Bürgersteig, schredderte noch ein paar Meter über den Asphalt und blieb als unansehnlicher Schrotthaufen liegen. Der Fahrer gab Vollgas, sodass die Räder durchdrehten und der Wagen schlingernd mit vollem Tempo aus dem Blickfeld der Jungs um die nächste Ecke raste.

Lennart stand mit offenem Mund da und gaffte dem Wagen hinterher.

Jabali rappelte sich zitternd auf. Der Schock saß ihm noch in allen Gliedern. Entsetzt stierte er schon auf sein Rad, auf das er eben noch so stolz gewesen war.

»EBE-K…«, stammelte Lennart vor sich hin. Der Anfang des Autokennzeichens.

Jabali starrte auf sein Rad.

»Ist mit dir alles okay?«, fragte Lennart besorgt. Er stieg vom Rad, lehnte es an die Hauswand, lief auf seinen Freund zu und schaute ihn sich genau an.

Jabali schien sich für sich selbst überhaupt nicht zu interessieren.

»Sieh dir das Rad an«, jammerte er nur immer wieder.

Lennart untersuchte erst mal Jabali, konnte aber nicht mal eine Schramme erkennen.

»Glück gehabt!«, stellte er erleichtert fest.

»Glück?«, wiederholte Jabali fassungslos mit Blick auf sein Rad. »Sieh es dir an. Totalschaden!«

»Das kann man ersetzen«, versuchte Lennart zu trösten. »Mann, Hauptsache, dir ist nichts passiert.« Lennart zitterten noch immer die Knie. »Das sah total gefährlich aus. Ich dachte schon, du …«

Lennart brach ab.

»Nichts passiert?«, wiederholte Jabali. »Sieh es dir an. Was sind denn das für Idioten, die hier Autorennen veranstalten? Mitten im Wohngebiet!« Er atmete tief ein und aus und schüttelte verständnislos den Kopf. »Ob die Versicherung so etwas zahlt?«

Lennart wusste es nicht. »Das war ja eine echte Fahrerflucht! Das müssen wir der Polizei melden.«

Jabali wollte sein Rad gerade aufheben, als Lennart ihn stoppte. Er zog sein Handy aus der Tasche und machte ein paar Fotoaufnahmen von dem Rad.

»Lass es genau so liegen. Wie bei einem Tatort. Ist ja auch einer. Jemand hat dein Rad ermordet! Auf offener Straße!«

Jabali warf Lennart einen erstaunten Blick zu.

Lennart rief die Polizei an. Während sie warteten, begann Lennart schon mit der Untersuchung der Umgebung und des Rades.

Jabali hatte sich auf den Kantstein gehockt und stierte noch immer vor sich hin.

»Mann!«, jammerte er. »Hoffentlich zahlt das die Versicherung.«

Schon wenige Minuten später trafen zwei Polizisten in einem Streifenwagen ein und ließen sich den Vorfall berichten.

»Wir nehmen das zu Protokoll als Unfall mit Fahrerflucht«, erklärten sie. »Und schreiben eine Anzeige gegen Unbekannt.« Dazu notierten sie sich auch das unvollständige Kennzeichen, das Lennart sich gemerkt hatte, und fragten nach Wagenmarke und -typ.

»Auf jeden Fall Japaner!«, war Lennart sich sicher. »Mitsubishi oder Honda. Weiß.«

»Sicher?«, hakte der Polizist nach. »Kein Toyota oder Daihatsu?«

Lennart biss sich auf die Lippen. »Mhhh«, machte er nachdenklich. »Was meinst du, Jabali?«

Jabali zuckte mit den Schultern. »Ich hab nicht mal erkannt, dass das ein Japaner gewesen sein soll. Von mir aus kann es auch ein chinesisches Auto gewesen sein.«

»Die Chinesen verkaufen hier keine Autos«, erklärte der Polizist nüchtern. »Jedenfalls noch nicht. Aber vielleicht war es auch ein koreanisches? Ein Kia.«

»Von mir aus auch ein ostindisches«, antwortete Jabali betrübt. »Die sehen doch alle gleich aus. Keine Ahnung.«

»Das war ein Mitsubishi«, behauptete Lennart jetzt fest. »Ein Lancer Evolution.«

Der Polizist hob staunend eine Augenbraue. Notierte es aber.

»Zum Glück nur ein Sachschaden und kein Personenschaden!«, fasste der Polizist in seinem Beamtendeutsch zusammen.

»Aber wirklich zum Glück«, wiederholte Lennart. »Meinen Freund Jabali hätte es um ein Haar erwischt. Mann, wenn das schiefgegangen wäre.«

»Es ist schiefgegangen!«, behauptete Jabali. »Sieh dir nur mein Rad an. Zahlt das die Versicherung?«

Der Beamte zuckte mit den Achseln. »Das hängt von deiner Versicherung ab. Gib mal die Telefonnummer deiner Eltern, dann kann ich denen das Aktenzeichen durchgeben. Für die Versicherung. Dein Rad stellen wir erst mal sicher zur Beweisführung.«

»Und nun?«, fragte Jabali, nachdem die Polizisten mit seinem Rad verschwunden waren.

»Lass uns zu den anderen fahren«, schlug Lennart vor. »Die sind heute auf der Kartbahn.«

Jabali verzog das Gesicht. Ihm war nach allem zumute, aber sicher nicht nach Motorenlärm.

Lennart konnte das verstehen, aber er fand es wichtig, den anderen dreien von dem Vorfall zu erzählen.

»Und …«, ergänzte er, »vielleicht sieht einer von uns den Wagen in den nächsten Tagen ja wieder. Wenn man den Fahrer schnappen kann, dann bekommst du dein Rad bestimmt ersetzt.«

Jabalis Gesicht hellte sich für einen kurzen Moment auf.

»Okay«, willigte er ein.

»Ich leih dir mein Mountainbike«, bot Lennart zusätzlich an. »Dann haben wir wenigstens noch eine kleine Fahrradtour!«

An der Halle angekommen, stutzten sie. Diesmal standen mindestens zehn Jugendliche in der Nische neben dem Eingang.

»Heute muss hier was Besonderes los sein«, vermutete Lennart. »Sonst wären nicht so viele da.«

»Da vorn sind die anderen!«, erkannte Jabali, als Michael, Ilka und Linh um die Ecke kamen.

»Was macht ihr denn hier?«, wunderte sich Michael zur Begrüßung.

Jabali erzählte den dreien, was vor seinem Hauseingang passiert war.

Linh, Ilka und Michael reagierten betroffen.

»Gut, dass dir nichts passiert ist«, stellte Linh erleichtert fest.

Obwohl sie natürlich recht hatte, besserte das Jabalis Laune nicht besonders.

»Trotzdem eine Sauerei, ohne Rücksicht auf Verluste durch die Gegend zu rasen.«

Das fanden die anderen natürlich auch. Im Hintergrund machten sich die Jungs um Rafael und Patrick auf, in die Halle zu gehen.

»Ich werd verrückt!«, stieß Jabali aus und riss seine Augen auf. Lennart und die anderen folgten seinem Blick und versuchten vergeblich, herauszubekommen, was Jabali entdeckt haben mochte. »Der eine Typ da, der saß vorhin im Auto!«

»In welchem Auto?«, fragte Michael.

Jabali rollte mit den Augen. »Na, in dem, das mein Rad plattgemacht hat.«

»Was?« Lennart schaute noch mal genau hin. Er erkannte den Typ nicht wieder. Aber er hatte die Insassen im Auto auch nicht so genau gesehen.

»Das kann doch nicht sein!«, zweifelte Michael. »Bist du dir sicher?«

Jabali nickte aufgeregt und ließ den Blick nicht von einem Jugendlichen, der älter war als Patrick und Rafael und eine rote Kappe und eine verspiegelte Brille trug.

»Ich habe für einen Bruchteil einer Sekunde etwas Rotes und etwas Glänzendes gesehen«, schwor Jabali.

»Was Rotes und was Glänzendes!«, wiederholte Michael. »Das ist jetzt aber nicht gerade ein überzeugender Beweis.«

»Was ist denn mit dir los, Michael?«, pflaumte Lennart ihn an. »Spielst du jetzt Richter, oder wie? Wenn Jabali den erkannt hat, dann wird da ja wohl was dran sein.«

»Ach ja?«, verteidigte sich Michael. »Du warst doch auch dabei. Du hast den nicht erkannt?«

Lennart schüttelte den Kopf.

Michael fühlte sich in seinem Zweifel bestätigt. »Was Rotes und was Glänzendes! Das kann doch alles Mögliche gewesen sein!«

»Zum Beispiel?«, fragte Jabali.

Michael zuckte mit den Schultern. Da fiel ihm so schnell auch nichts ein. Trotzdem wandte er weiter ein: »Wie soll das denn gehen? Der ist doch erst fünfzehn Jahre alt und darf noch gar kein Auto fahren!«

Das wiederum fand Linh überhaupt kein Argument. »Das ist denen doch bestimmt schnurz, ob das erlaubt ist oder nicht. Im Gegenteil: Bestimmt macht es denen gerade deswegen so viel Spaß: weil es eben verboten ist!«

 Lennart leuchtete das sofort ein. »Linh hat recht. Das sind solche Knalltüten.«

»Vielleicht waren die ja auch auf der Flucht und sind deshalb so gerast?«, überlegte Ilka.

Michael kam die Gruppe um Rafael und Patrick ja auch von Beginn an komisch vor. Aber dass die mit richtigen Autos durch die Stadt rasen sollten, konnte er sich dann doch nicht so recht vorstellen. Es faszinierte ihn, dass die Jungs offenbar richtig Ahnung von Technik hatten, und er hatte gehofft, einiges von ihnen lernen zu können. Er wollte ihre neuen Karts sehen. Und jetzt schienen die Ereignisse seine Pläne zu durchkreuzen. Das passte Michael gar nicht.

»Ich weiß nicht«, warf er noch mal ein. »Irgendwie scheint mir Jabalis Vermutung doch recht vage zu sein.« Bevor Jabali etwas einwenden konnte, fuhr Michael fort. »Wisst ihr was, ich gehe mal zu denen. Ich wollte mir sowieso die Karts ansehen.«

Für einen Moment sagte niemand etwas. Alle sahen Michael hinterher, der fast im Laufschritt zu der Gruppe eilte. Von denen wandte sich ihm aber niemand zu.

»Sieht nicht gerade so aus, als ob die sich über seinen Besuch freuen«, bemerkte Lennart. Und wandte sich dann an Jabali. »Wenn du recht hast und der Typ mit der roten Mütze saß wirklich im Auto, vielleicht ist der Wagen dann ja auch noch hier? Wir können uns ja mal umschauen.«

Die Idee fanden die anderen recht gut. Und so liefen sie hinter die Halle zum Parkplatz, wo sie zwar den Wagen, der Jabalis Rad zertrümmert hatte, nicht fanden, aber auf Deniz stießen.

»Oh. Hallo!«, freute sich Deniz, als er Ilka kommen sah. »Was machst du denn hier?«

»Das Gleiche könnte ich dich fragen«, konterte Ilka lächelnd.

Aber sie sah schon, was Deniz hinter der Halle zu tun hatte. Er schob einige Karts, die mit Anhängern zur Halle transportiert worden waren, in die Halle hinein. Und gab auch gleich die Erklärung dazu ab.

»Ich befürchte, du hast mal wieder Pech, denn die Bahn steht heute die meiste Zeit den Fremdkarts zur Verfügung. Besser, du meldest dich zukünftig vorher an. Ich empfehle dir, gleich zu starten. Solange ich die Karts reinschiebe, kannst du noch ein paar Runden drehen.«

»Okay«, nahm Ilka die Einladung an. »Dann fahr ich jetzt. Michael quatscht lieber mit den anderen draußen.«

»Wir kommen mit rein und warten am Ziel auf dich«, versprach Linh und wandte sich mit einem Blick an Deniz: »Kommst du mit?«

»Ich hab noch zu tun!«, bedauerte Deniz.

»Die Dinger reinschieben?«, fragte Linh nach. »Da helfen wir schnell.«

Ilka ging in die Halle, um sich Helm und Kart geben zu lassen.

Jabali und Lennart verzogen die Gesichter. Sie waren eigentlich nicht gekommen, um für die Blödmänner, die Jabali unter Verdacht hatte, auch noch die Karts in die Halle zu schieben. Doch Linh sah das als gute Gelegenheit, etwas mehr über Patricks und Rafaels Gruppe herauszubekommen.

»Was gibt es denn Besonderes heute?«, fragte sie scheinbar beiläufig.

»Zwei-, dreimal im Monat dürfen Kunden und ihre Freunde mit fremden Karts auf unsere Bahn. Weil die aber in der Regel wesentlich schneller sind als unsere, muss die Bahn aus Sicherheitsgründen dafür freigehalten werden.«

»Und heute fahren Patrick und Rafael mit ein paar Kumpels?«

»Ja, die sind immer mit vier, fünf Karts dabei«, bestätigte Deniz. »Vorsicht, nicht dass du die Karts zerkratzt!«

»Pfff«, machte Jabali. Auch das noch. Sein Rad war mehr als zerkratzt. Und er war überzeugt, dass einer von denen, deren Karts er gerade reinschob, zu den Tätern gehörte.

»So ein Kart kostet doch richtig viel, oder?«, bohrte Linh nach. »Woher haben die denn das Geld?«

»Woher soll ich das wissen?« Deniz wich Linhs Blick geschickt aus und tat so, als müsste er schnell die Lenkung an einem Kart prüfen.

Inzwischen war Ilka auf der Strecke gestartet und passte sich erstaunlich gut den anderen an, die bestimmt viel mehr Fahrpraxis als sie hatten.

Lennart zog Jabali am Oberarm mit sich direkt an die Absperrung, nachdem sie die Karts am vorgesehenen Platz abgestellt hatten.

Als Ilka vorbeirauschte, beugte er sich mit beiden ausgestreckten Armen nach vorn und machte für seine rasende Freundin eine La-Ola-Welle.

Linh blieb in Deniz' Nähe.

»Kannst du auch ein richtiges Auto fahren?«, fragte sie.

Deniz schmunzelte und nickte. »Klar, hier auf dem Platz hat mich mein Vater schon öfters fahren lassen. Das ist nichts Besonderes. Fast jeder Kartfahrer hat seine Eltern so lange bearbeitet, bis sie irgendwann nachgaben. Autofahren ist gar nicht so schwer!«

»Ach nein? Erklär mal genauer«, lockte Linh Deniz noch mehr aus der Reserve.

Währenddessen kam Ilka mehr und mehr in Fahrt und konnte ihre Rundenzeiten jedes Mal verbes-

 sern. Sie hatte sich sogar an einen der anderen Fahrer drangehängt.

Wieso gibt der nicht Vollstoff?, fragte sich Ilka. Wenn sie nicht an Tempo verlieren wollte, dann musste sie jetzt ein Überholmanöver wagen. Allerdings war ihr noch nicht klar, wie sie an dem Vordermann vorbeikommen sollte.

Es dauerte eine Weile, bis sie begriff, dass der Vordermann sie provozieren wollte. Die Rundenzeit schien ihm ganz egal zu sein. Im Gegenteil, er schien richtig Spaß daran zu haben, Ilka auszubremsen.

»Nicht mit mir!«, schimpfte Ilka in ihren Helm hinein. Und fasste sich ein Herz.

Jetzt! Sie scherte blitzschnell aus und fuhr neben ihren Vordermann, der sich ihr kurz zuwandte. Sein Gesicht konnte sie hinter dem Visier nicht erkennen. Das ist vielleicht auch besser so, dachte sie und blieb auf dem Gaspedal. Es gelang ihr, schneller als ihr Nebenmann aus der Kurve herauszufahren und sich nun vor ihn zu setzen.

Jabali und Lennart hatten dieses Manöver aus der Ferne gesehen und applaudierten überschwänglich.

»Ilka hat wirklich Talent!«, bemerkte Deniz, dem diese Aktion auch nicht entgangen war. »Jetzt muss sie nur aufpassen, dass der nicht von hinten auf sie drauffährt.«

»Wie bitte? Wir sind hier doch nicht auf einer Scooterbahn!«, rief Linh erschocken.

»Nein, nein, natürlich nicht!«, versuchte Deniz sie zu beruhigen. »Aber passieren kann trotzdem nichts, selbst wenn es dazu kommt.«

»Spinnt der? Hat der einen Vogel?«, schrie Jabali.

»Habt ihr das gesehen? Der fährt tatsächlich auf Ilka drauf, statt sie zu überholen!«, rief nun auch Lennart aufgeregt zu Deniz und Linh.

Deniz machte wieder ein Zeichen zum Helfer, der schnell in den Turm stieg und sich ans Mikrofon setzte: »Hier in der Halle wird sauber gefahren, kapiert, Nummer 18? Das ist die letzte Warnung!«

Ilka konnte es nicht fassen! Der Typ hatte ihren Kart von hinten angefahren und kam mit einer Verwarnung davon? Sie versuchte Ruhe zu bewahren, auf keinen Fall reflexartig zu reagieren und dabei einen Fehler zu machen. Sie ging langsam vom Gas.

Ihr Hintermann nutzte diesen Moment zur Revanche und überholte Ilka mit triumphierender Faust in der Luft. Er nickte zum Turm und drückte aufs Gas.

»Vollidiot!«, schimpfte Ilka.

»So, ich muss in die Werkstatt«, verabschiedete sich Deniz von Linh.

Linh winkte ihm kurz zu. Sie war zufrieden mit sich. Denn sie hatte einiges von Deniz erfahren. Michael hielt es zwar für unwahrscheinlich, dass ein Fünfzehnjähriger in dem Wagen gesessen hatte, der Jabalis Rad überfahren hatte, aber zumindest wäre es möglich gewesen. Deniz konnte Auto fahren. Und der eine oder andere aus Patricks Gruppe sicher auch.

Wo steckte eigentlich Michael?, fragte sich Linh. Immer noch draußen bei der Gruppe?

»Wir sehen mal nach«, schlug Jabali vor, als Linh ihn fragte. Linh blieb drinnen. Sie hatte Ilka ja versprochen, am Ziel auf sie zu warten.

In dem Moment, in dem Lennart und Jabali vor die Halle traten, löste sich die Gruppe in verschiedene Richtungen auf. Drei gingen zum Parkplatz, zwei liefen hinter die Halle. Und der mit der Spiegelbrille und der roten Kappe kam mit einem weiteren Kumpel und Michael im Schlepptau direkt auf Lennart und Jabali zu. Er war wirklich älter als die anderen, vielleicht schon achtzehn, überlegte Lennart.

»Hey, da seid ihr ja«, rief er den dreien zu. »Wann startet ihr denn?«

Lennart sah sein Spiegelbild in der Brille. Wortlos stolzierte die Spiegelbrille an ihnen vorbei. Michael blieb an seiner Seite und kniff im Vorbeigehen kurz ein Auge zu. Sein Zeichen dafür, dass er ihnen später alles erklären würde und jetzt keine Fragen gebrauchen konnte.

Lennart und Jabali sahen den dreien nach und warteten, bis sie außer Hörweite waren.

»Hast du gesehen?«, sagte Lennart schließlich. »Michael ist dran an denen. Als ob er ihr bester Kumpel wäre. Wie hat er das geschafft?«

»Wir sollten uns aufteilen«, schlug Jabali vor. »Ich gehe denen hinterher und du …«

Lennart beendete Jabalis Satz: »… ich schau nach, was die da hinter der Halle machen!«

»Genau!« Jabali klopfte sich mit Lennart ab und versuchte, der Brille, Michael und den anderen unauffällig zu folgen. Michaels Augenzwinkern deutete darauf hin, dass es wohl besser war, sich im Moment nicht zu der Gruppe zu gesellen. Deshalb vermied es Jabali, ihnen zu dicht auf die Pelle zu rücken, und hielt Abstand.

Lennart musste den anderen beiden im Laufschritt hinterher. Nur so konnte es gelingen, den Anschluss nicht zu verlieren. Doch als er an der Ecke der Halle ankam, waren sie verschwunden.

»Mist! Die können sich doch nicht in Luft auflösen?«, fluchte er vor sich hin. Aber hinter der Halle sah er nichts als bergeweise Paletten, unzählige

Stapel alter Reifen, etliche leere Getränkekisten, einen Container voller alter Leitplanken, ausrangierte Spielautomaten. Nichts Verdächtiges.

Lennart horchte. Motoren dröhnten, ein Lastwagen piepte im Rückwärtsgang, ein quäkendes Radio. Er hoffte, dass die beiden Jugendlichen noch ganz in seiner Nähe waren. Aber wo?

Da entdeckte er einen Bauwagen mit einem Vorbau aus Brettern. Der einzige Ort, in dem man hier so schnell aus dem Blickfeld verschwinden konnte. Vermutlich sah man von innen gut durch die Schlitze nach draußen. Darum musste er besonders vorsichtig sein. Lennart machte es, wie er es schon oft im Fernsehen gesehen hatte. Wie ein Blitz trat er an und lief so schnell wie möglich hinter einen Reifenstapel, der ganz in der Nähe des Bretterverschlags war. Dann rührte er sich keinen Millimeter. Er hielt seinen Atem an, um besser lauschen zu können.

Stimmen! Hatten sie ihn bemerkt?

Lennart zuckte erschrocken zusammen, als sich plötzlich die Tür öffnete.

»Übermorgen ist der Rest deiner Bestellung hier abholbereit«, hörte er jemanden sagen.

»Ist auch besser so. Sonst kauf ich woanders«, antwortete der andere, während er ein Auspuffrohr mit einer Decke verhüllte. So ein Teil hatte Lennart schon mal mit seinem Onkel auf einem Schrottplatz gesehen. Dort konnte man sich fast jedes Einzelteil für fast jedes Auto gebraucht kaufen.

Dann trat jemand mit raus. Rafael!

Lennart zog seinen Kopf ein, ging blitzschnell in die Hocke und dann behutsam auf allen vieren zu Boden.

Der eine ging, ohne zu zögern, Richtung Parkplatz. Rafael lief zur Halle.

Puuuh, war das knapp! Erleichtert atmete Lennart aus und richtete sich vorsichtig wieder auf. Er hatte zwar nur Rafael und den anderen Typen verfolgt. Aber vielleicht hatte im Bauwagen schon jemand auf sie gewartet?

Leise schlich er sich an den Wagen heran, spähte erst durch die Schlitze zwischen den Brettern, dann durchs Bauwagenfenster. Niemand zu sehen!

Nun traute er sich, an der Tür zu rütteln. Verschlossen!

Das hatte er sich zwar gedacht, trotzdem hatte er einen Funken Hoffnung. Noch einmal versuchte er, durchs Fenster und die Schlitze etwas zu erkennen. Aber die Schlitze waren zu schmal, das Fenster zu schmutzig.

Hier konnte er also nichts mehr erfahren. Lennart lief zurück zur Halle.

Als er dort ankam, sah er, wie sich ein ganzer Pulk Jugendlicher um Deniz versammelt hatte. Er beobachtete aus ein paar Metern Entfernung, wie sie sich dicht um ihn drängten. Michael stand etwas abseits dabei. Und noch weiter dahinter entdeckte er sogar Jabali, der sich hinter einer Mülltonne verkrochen hatte.

Ihre Blicke trafen sich. Lennart gab Jabali ein Zeichen, dass er mehr den Kopf einziehen sollte. Wenn Lennart ihn sah, konnte auch ein anderer ihn dort entdecken.

Jabali zog den Kopf zurück und hörte, was Deniz und die Jugendlichen zu bereden hatten.

»Ihr wisst, dass ihr rausfliegt, wenn ihr hier krumme Geschäfte dreht«, warnte Deniz.

»Quatsch nicht!«, fuhr Rafael ihm über den Mund. »Wir machen nichts.«

»Aber vorhin hat erst wieder einer nach Ersatzteilen gefragt«, erzählte Deniz. »Wieso? Mein Vater ist echt sauer.«

»Pfft«, machte Rafael. »Was können wir dafür? Also, können wir nun fahren oder nicht?«

»Ja. Natürlich. Ihr habt die Bahn ja gemietet. Eure Karts stehen da«, zeigte Deniz. »Aber macht keinen Blödsinn.«

»Pfft«, wiederholte Rafael.

Während Rafael, Patrick und die anderen Jungs sich ihre Helme aufsetzten und in die Karts einstiegen, zog Jabali sich zurück. Er lief zu Linh, die Ilka an der Bande empfing. Auch Lennart und Michael kamen dazu.

»Habt ihr das gesehen? Meine Rundenzeiten können sich doch schon sehen lassen, findet ihr nicht auch?«, freute sich Ilka, als alle fünf am Ausgang des Boxenstopps zusammenstanden.

»Ich hab's gesehen«, freute sich Linh mit ihr. »Super!«

»Und ihr anderen nicht?«, fragte Ilka enttäuscht.

Sie erzählten ihr, weshalb sie ihre Fahrt nicht verfolgt hatten. Lennart berichtete von dem Bauwagen hinter der Halle und dass Rafael und seine Jungs dort offenbar irgendwelche Geschäfte getätigt hatten.

»In der Bude konnte ich leider nichts Genaues sehen. Irgendwas ist dort unter einer Plastikplane versteckt.« Lennart sah sich vorsichtig um, ob er von irgendjemand belauscht wurde. »Die verkaufen hier heimlich Auspuffrohre und andere Autoersatzteile!«

»Aber wie kommen die denn in die Bude?«, fragte sich Ilka. »Die steht doch auf dem Gelände der Karthalle. Und Deniz' Vater ist alles andere als gut auf Rafael zu sprechen.«

Lennart zuckte mit den Schultern. »Keine Ahnung. Vielleicht hängt Deniz in der Sache mit drin?«

»Niemals!«, empörte sich Ilka.

Und auch Jabali konnte sich das nicht vorstellen nach dem, was er belauscht hatte.

Michael hatte auch nicht mehr herausbekommen. »Aber sie beginnen, mir zu vertrauen«, erzählte er. »Patrick hat mich zu einer besonderen Aktion eingeladen. Da will ich morgen unbedingt dabei sein.«

»Was soll das denn sein?«, fragte Lennart. »Mehr weißt du nicht?«

Michael schüttelte den Kopf.

»Sei bloß vorsichtig«, mahnte Linh.

Und Ilka wandte ein: »Was soll so ein Alleingang? Das kann gefährlich werden. Was gehen uns deren Geschäfte an?«

Michael zeigte mit einem Kopfnicken auf Jabali. »Schon vergessen?«, erinnerte er Ilka. »Wenn Jabali recht hat, dann hat einer von denen sein Rennrad platt gefahren. Wenn wir den Täter nicht erwischen, bekommt er es nicht ersetzt.«

Ilka sah Jabali an. »Stimmt das?«

Jabali nickte. »Mein Rad müsste die Versicherung des Schuldigen ersetzen. Wenn wir aber nicht wissen, wer der Schuldige ist, dann kann man auch niemanden … wie heißt das?«

»… haftbar machen«, ergänzte Lennart.

»Genau«, bestätigte Jabali. »Das hat mir mein Vater vorhin am Telefon gesagt.«

Michael nickte zufrieden. »Das heißt: kein Täter, keine Kohle. Die Gruppe geht uns sehr wohl etwas an.«

Das sah Ilka ein. Trotzdem blieb ihr Unbehagen. »Sollen wir dich nicht besser begleiten?«

»Nein«, widersprach Michael. »Sie denken, wir haben uns gestritten und ich bin der Einzige, der wirklich Kart fahren lernen will.«

»Ach ja?«, empörte sich Ilka. »Weil ich ein Mädchen bin, oder wie? Ich fahre besser als du!«

Linh legte ihre Hand auf Ilkas Schulter. »Lass gut sein. Michael hat recht. Wenn sie das schon denken, müssen wir es nutzen.«

»Eben!« So sah Michael die Sache auch. »Vielleicht kann ich ja etwas Genaueres rauskriegen!«

Auf der Flucht

Nachdem der Beschluss der Fünf Asse zu Michaels Alleingang gefallen war, hatten sie noch einen Augenblick dem Rennen der Jugendlichen zugeschaut.

Auf den ersten Blick war ihnen der Unterschied deutlich geworden. Die eigenen Karts von Patrick, Rafael und den anderen fuhren erheblich schneller als die Karts, die man sich bei Deniz ausleihen konnte. Und auch die Fahrweise unterschied sich erheblich von dem, was Michael und Ilka bisher gelernt und ausprobiert hatten. In einem unglaublichen Tempo rasten die Jugendlichen über die Bahn, gingen keinem gefährlichen Manöver aus dem Weg, sondern suchten im Gegenteil geradezu das Risiko. Sie fuhren so dicht aufeinander, dass Ilka schon beim Hinsehen schwindelig geworden war. Infolgedessen war selbst der drittbeste von ihnen noch eine Rundenzeit gefahren, an die Ilka oder Michael nicht im Traum denken konnten.

Entsprechend nervös wartete Michael am verabredeten Treffpunkt auf Patrick.

Es war Samstag und schulfrei. Michael stand an

der Straßenecke, ganz in der Nähe seines Wohnortes. Patrick hatte versprochen, ihn dort abzuholen und mit zu einem Rennen zu nehmen, das er so schnell nicht wieder vergessen würde. Michael wusste nicht, wo dieses Rennen stattfinden sollte. Er wusste auch nicht, wer außer Patrick und dessen Freunden da vielleicht sonst noch dran teilnahm. Und vor allem konnte Michael sich kaum vorstellen, dass es bei dem bevorstehenden Rennen noch rasanter zugehen sollte als bei dem, das er mit den anderen Assen zusammen gesehen hatte.

Patrick hatte Michael versprochen, dass er auch mal fahren durfte. Allerdings war Michael nach dem, was er gesehen hatte, gar nicht mehr so sicher, ob er sich über das großzügige Angebot freuen sollte. Michael war ein Anfänger. Konnte er so ein schnelles Kart überhaupt kontrollieren? Bisher kannte er nur die Karts, die auf der Bahn erlaubt waren. Mit denen machte es ihm schon viel Spaß. Mal ein Kart zu steuern, das mit vielen Tricks und Kniffen aufgerüstet worden war und entsprechend mehr Tempo brachte, war bestimmt besonders spannend. Aber die Neugier und Vorfreude darauf wichen immer wieder der Angst, einen Schritt zu weit zu gehen. Michael war ziemlich aufgeregt,

 schon seitdem er aufgestanden war. Und auch jetzt kaute er nervös an den Fingernägeln, während er nach Patrick Ausschau hielt.

Aber von Patrick war nichts zu sehen.

Für einen Moment überlegte Michael, ob er besser mit dem Rad hätte kommen sollen. Davon aber hatte Patrick nichts gesagt, und so nahm Michael an, dass sie mit dem Bus zu einer anderen Rennhalle fahren würden. Zum Glück galt Michaels Schülerfahrkarte für das gesamte Netz. Bis zur Halle würde er also sicher nichts zuzahlen müssen.

Plötzlich riss eine Hupe Michael aus seinen Gedanken.

Michael drehte sich nach dem hupenden Fahrzeug um, konnte aber keinen Grund für das Hupen entdecken, bis er sah, dass Patrick aus dem Beifahrerfenster winkte.

Dass er mit dem Auto abgeholt wurde, damit hatte Michael nicht gerechnet.

»Steig ein!«, rief ihm Patrick zu und zeigte auf die Tür hinter ihm.

Als Michael einstieg, sah er, dass auf der Rückbank schon ein etwa gleichaltriger Junge saß.

»Das ist Bastian«, stellte Patrick ihn vor. »Mein Bruder.«

Die nächste Überraschung. Bastian hatte Michael noch nie bei der Gruppe der Jugendlichen gesehen.

»Michael«, sagte Michael nur knapp und reichte

auch dem Fahrer die Hand. Es war der Typ mit der Spiegelbrille, die er auch jetzt trug. Er war deutlich der Älteste im Wagen.

»Hi!«, antwortete der aber nur, ohne sich vorzustellen.

Auch Patrick machte keine Anstalten, sie miteinander bekannt zu machen.

Der Fahrer gab Gas und mit quietschenden Reifen schoss der Wagen los.

»Pass auf, dass du dich an die Geschwindigkeitsbeschränkungen hältst!«, ermahnte Patrick den Fahrer und grinste dabei so breit, dass sogar sein Kaugummi zu sehen war.

»Tolles Auto!«, versuchte Michael ein Gespräch mit dem Fahrer zu beginnen.

Aber leider kein Mitsubishi Lancer Evolution, dachte Michael weiter. So hatte Lennart das Unfallauto beschrieben. Und es war auch nicht weiß, sondern metallicblau.

»Ich will meinen Führerschein auch so früh wie möglich machen!«, erzählte Michael munter weiter.

Doch der Fahrer reagierte nicht.

Michael warf einen Blick auf den Tacho und stellte fest, dass der Fahrer sich exakt an die Geschwindigkeitsbegrenzung hielt.

Seltsam, dachte Michael noch bei sich. Das macht doch sonst keiner.

Er schaute aus dem Fenster und stellte fest, dass sie die Stadt verließen.

»Ich wusste gar nicht, dass am Stadtrand noch 'ne Karthalle ist«, wunderte sich Michael.

Patrick schaute nur kurz nach hinten und grinste ihn an.

Draußen vor der Stadt bog der Fahrer in ein Gewerbegebiet ein, fuhr hindurch bis zum dahinterliegenden Waldstück.

Michael wurde ein wenig mulmig zumute, denn hier war er noch nie gewesen.

Hatten seine Freunde doch recht, als sie ihn gewarnt hatten? Nun war es zu spät.

Der Fahrer fuhr in den Wald hinein.

Was wollten sie hier? Hier gab es doch nie und nimmer eine Kartbahn!, dachte Michael bei sich. Und wo hatten sie überhaupt ihre Karts? Waren die schon auf der Rennbahn?

Nun bogen sie in einen Waldweg ein und stoppten vor einem Fallbaum. Ein großes Schild wies darauf hin, dass hier die Durchfahrt nur für Forstfahrzeuge gestattet war. Patrick stieg aus und hob den Fallbaum hoch, um den Weg in den Wald für den Wagen frei zu machen. Dann legte er ihn in die Stützen zurück und stieg wieder ein. Seine Tür war noch nicht ganz geschlossen, da drückte der Fahrer schon aufs Gas. Die Räder liefen leer, griffen plötzlich wieder. Der Wagen raste mit einem Satz über den schmalen, holprigen Waldweg. Michael, Bastian und Rafael schüttelte es hinten heftig durch.

Die ganze Zeit über waren sie wie eine Fahrschule penibel nach der erlaubten Geschwindigkeit gefahren, aber jetzt hier im Wald drückte der Fahrer voll auf die Tube.

Als sie eine Lichtung erreichten, bremste der Fahrer mit der Handbremse, drehte dabei das Lenkrad so, dass das Hinterteil des Wagens herumschleuderte und sich der Wagen um 180 Grad drehte.

Nun stand er in gleicher Richtung neben drei anderen Autos, die offenbar auf ähnliche Weise hier geparkt hatten. Das zeigten die Spuren im weichen Waldboden. Auf jedem der drei Wagen saß ein Jugendlicher auf der Kühlerhaube.

Sie waren offenbar am Ziel ihrer Fahrt angekommen und wurden erwartet. Weit und breit keine Rennhalle. Weit und breit keine Karts. Michael sagte nichts. Aber sein Blick verriet wohl, wie erstaunt er war.

»Ich hab dir doch ein besonderes Rennen versprochen!«, lachte Patrick und öffnete die Wagentür. »Nun komm schon, raus hier!«

Die vier Wagen standen exakt in einer Reihe, aufgebaut wie an einer Startlinie für ein Rennen. Und genau das sollte es wohl auch sein, dämmerte es Michael langsam.

Hier standen nicht vier selbst gebaute Karts, wie er erwartet hatte. Hier warteten vier richtige Wagen, wie sie gewöhnlich nur auf der Straße gefahren wurden, auf ihren Einsatz! Was er direkt vor sich sah, davon hatte er bisher nur gehört. Verbotene Autorennen mitten im Wald, Wettkämpfe zwischen Jugendlichen.

»Wo habt ihr die Autos her?«, fragte Michael.

»Ausgeliehen!«, kicherte Patrick.

Auch die anderen lachten.

Einer der Jugendlichen stellte sich nun breitbeinig auf die Motorhaube seines Wagens.

»So!«, rief er. »Jetzt sind wir vollzählig. Alle bereit?«

»Ja!«, schallte es ihm entgegen.

»Patrick hat Besuch mitgebracht!«, rief der Jugendliche von der Motorhaube und zeigte auf Michael.

Alle Blicke richteten sich auf ihn.

Michael lief rot an.

»Erstes Rennen!«, rief der Jugendliche. »Patrick, Rafael, Kevin und ich.«

Am Kopfnicken erkannte Michael, dass Kevin der Fahrer war, der ihn hierhergebracht hatte.

»Sucht euch einen Wagen aus!«, forderte der Jugendliche die anderen auf.

Sofort entbrannte ein Streit zwischen Rafael und Patrick wie auf der Kartbahn.

Doch der Jugendliche von der Motorhaube ging sofort dazwischen.

»Ey!«, brüllte er. »Einigt euch oder ihr fahrt gar nicht. Wir sind hier nicht im Kindergarten!«

»Na gut«, lenkte Patrick ein. »Diesmal überlasse ich dir sogar die Auswahl. »BMW, Mercedes, Audi oder Kia. Womit willst du diesmal gegen mich verlieren?«

»Nimm den Mund mal nicht so voll«, konterte Rafael.

Michael ahnte schon, wer die nächsten Rennen fahren sollte. Er erinnerte sich an Patricks Versprechen. Das Angebot, selbst mal zu fahren, würde er auf jeden Fall ablehnen. Aber mit welcher Begründung? Michael bedauerte, dass er die Warnungen seiner Freunde nicht ernst genommen hatte. Wie sollte er aus der Sache wieder rauskommen? Er beschloss, sich möglichst unauffällig zu verhalten, und hoffte, dass diese Geschichte bald vorbei war und er irgendwann heil zu Hause ankam.

Plötzlich tauchte Bastian aus einem Gebüsch auf.

Jetzt erst fiel Michael auf, dass er ihn seit dem Aussteigen aus dem Wagen nicht mehr gesehen hatte.

»Da bist du ja endlich, Basti! Wie sieht's aus?«, fragte Patrick und hielt seine Hände zum Abklatschen bereit.

Bastian klatschte mit seinem Bruder ab.

»Alles paletti!«, sagte er.

»Gut!« Patrick war zufrieden. »Aber steh weiter Schmiere, okay?«

»Aye, aye Captain!«, antwortete Bastian und hielt eine Hand flach an die Stirn. Dann verschwand er wieder im Dickicht, aus dem er gekommen war.

»Er traut sich nicht zu fahren«, weihte Patrick Michael ein. »Aber wenn er sieht, dass du fährst, wagt er es vielleicht auch. Ihr seid doch ungefähr ein Alter, oder?«

Michael nickte. »Ich glaube schon, aber …«

Patrick klopfte Michael kräftig auf die Schulter. »Du traust dich doch, oder?«

»Doch, doch. Schon. Aber …«, stotterte Michael.

»Keine Angst, das schaffst du schon!«, versuchte Patrick ihn zu beruhigen. »Ich kann beim ersten Mal ja mitfahren, wenn du unbedingt willst. Und wenn du das schaffst, dann wird mein kleiner Bruder auch endlich ein Großer.«

Michael wusste nicht, was er sagen sollte. Er wollte nicht fahren. Auf gar keinen Fall. Crashfahrten mit gestohlenen Autos! Niemals wollte er sich an so etwas beteiligen. Und nun steckte er gehörig in der Klemme. Nur, weil er wie ein Undercover-Agent die Gruppe ausspionieren wollte, um zu erfahren, wer Jabalis Rennrad auf dem Gewissen hatte. Was sollte er bloß tun? Er sehnte sich nach Linh, nach Ilka, nach Lennart und Jabali. Einem von ihnen würde bestimmt eine Lösung einfallen. Er hatte nicht die geringste Idee, was er tun sollte.

Patrick ging zu den anderen, die wieder mitten in einer hitzigen Debatte steckten.

Die ersten drei Fahrer saßen startklar in einer Reihe in den Wagen. Sie gaben bereits Gas und ließen die Motoren aufheulen. Der Lärm dröhnte durch den Wald und musste doch bis in den nächsten Ort zu hören sein, überlegte sich Michael. Aber offenbar schien es niemanden zu stören.

Michael wusste, wie wichtig es war, den Motor so schnell wie möglich auf Betriebstemperatur zu bringen. Wem das am besten gelang, der hatte auf den ersten Metern die höchste Beschleunigung. Das alles galt für eine Rennbahn, wie es sie in Monaco und am Nürburgring gab. Die Fahrer hier mitten im Wald gingen genauso vor. Immer noch glaubte Michael nicht wirklich, was er da sah. Viel lieber wäre es ihm

gewesen, festzustellen, dass dies alles ein Traum war, einfach nur ein dummer Traum, aus dem er jeden Moment wieder aufwachen würde.

»Pass auf, wie man sich vom Start weg ganz vorn platziert!«, rief Patrick ihm zu und stieg in den Wagen. Ein Jugendlicher hielt eine schwarz-weiß karierte Fahne ausgestreckt.

»Five, four …«, begann er den Countdown. »Three, two …«

»Stopp! Stopp! Die Bullen!«, schrie Bastian, der plötzlich aus dem Hintergrund angestürmt kam und sich direkt vor Patricks Wagen stellte und hektisch mit den Armen wedelte. »Da vorn. Ein Bullenpanzer!«

Patrick steckte den Kopf aus dem Wagen. »Scheiße!«

Dann sprang er aus dem Wagen und rief den anderen zu: »Nix wie weg!«

Die röhrenden Motoren verstummten, die Fahrer sprangen aus den Wagen und liefen in den Wald hinein.

Michael wollte auch schon in den Wald rennen. Er hatte Panik. Um nichts in der Welt wollte er nun erwischt werden, gemeinsam mit einer Gruppe, die gerade mit gestohlenen Autos ein illegales Rennen veranstalten wollte. Niemals würde er erklären können, dass er mit allem nichts zu tun hatte.

Doch Patrick packte Michael am Arm.

»Wir hauen damit ab!« Patrick zeigte auf den Wagen, mit dem sie gekommen waren.

Michael hielt das für keine gute Idee. Denn der Wagen war ja auch gestohlen!

Doch es blieb keine Zeit für Diskussionen.

Patrick zerrte ihn in den Wagen. Bastian war schon eingestiegen. Auch Kevin saß bereits am Steuer und hatte den Wagen gestartet.

»Von wo kommen die Bullen?«, fragte er Bastian.

Bastian zeigte es ihm.

»Echt?«, fragte Michael. »Ein Panzer?«

Bastian und Patrick sahen ihn an wie einen Außerirdischen.

Michael zog den Kopf ein. Scheinbar war es eine blöde Frage gewesen. Aber hatte Bastian nicht eindeutig von einem Panzer gesprochen? Offenbar nannte er so einen Streifenwagen.

Kevin gab Gas, wendete den Wagen, wobei die Räder im morastigen Waldboden durchdrehten und eine dicke Dreckwelle gegen die stehen gelassenen, gestohlenen Fahrzeuge schleuderte.

Dann raste der Wagen auf der anderen Seite steil den Berg hinunter, noch schneller als auf der Hinfahrt.

Michael bibberte vor Angst.

»Da muss uns jemand verpfiffen haben«, mutmaßte Kevin. Sein Blick fiel in den Rückspiegel und erreichte so Michael.

Michael merkte das nicht, weil er sich immer wieder ängstlich nach hinten umdrehte und betete, dass die Polizei sie nicht erwischte.

Patrick wandte leicht den Kopf nach hinten zu Michael. Seine Stirn kräuselte sich. Dann schaute er wieder nach vorn, ohne ein Wort zu sagen.

Verpfiffen?, schoss es Michael durch den Kopf. Hatten seine Freunde die Polizei gerufen? Nein, das konnte nicht sein. Sie wussten nicht, wo er steckte. Er wusste es ja selbst nicht so richtig. Nie zuvor war er in dieser Gegend gewesen.

»Die Kiste wird mir zu heiß«, sagte Kevin und setzte sich zu seiner verspiegelten Brille noch die rote Kappe auf.

Patrick nickte ihm zu. »Wir hauen einzeln ab, an verschiedenen Busstationen. Michael, du bist der Erste.«

»Was?«, fragte Michael.

Da bremste der Wagen schon.

»Hier! Raus!«, befahl Patrick.

»Hä?«, fragte Michael noch mal.

»Aussteigen!«, wiederholte Patrick. »Da vorn ist eine Haltestelle. Wir fahren mit dem Bus weiter. Du von hier. Los, raus!«

Michael handelte mechanisch. Ohne es richtig zu merken, stieg er aus dem Wagen aus, der sofort wieder losbrauste.

Michael stand mutterseelenallein an einer Bushaltestelle, in einer Gegend, die er nicht kannte. Er wusste nicht einmal, wohin die Buslinie führte und in welche Richtung er fahren musste.

Er zog sein Handy aus der Hosentasche und rief Linh an.

»Wo steckst du? Was ist passiert?«, fragte Linh sofort. Michael verschob seinen Bericht auf später. Linh sollte nur im Internet für ihn schauen, wo er sich eigentlich befand und wie er mit dem Bus am schnellsten wieder nach Hause kam.

Linh suchte ihm die Informationen schnell heraus, sodass Michael erschöpft zwei Stunden später zu Hause ankam. Er war gerade noch mal mit heiler Haut davongekommen. Eine solche Aktion würde er nie wieder machen.

Die einzige Chance

Natürlich wollten Linh, Ilka, Lennart und Jabali sofort genauer wissen, was Michael herausbekommen hatte. Und so versammelten sich abends alle ausnahmsweise mal bei Michael statt bei Linh. Michael hatte Mineralwasser und Gläser auf seiner Kraftbank bereitgestellt und erzählte sofort, was er erlebt hatte. Alle hörten ihm aufmerksam zu. Hin und wieder schüttelte Linh den Kopf, Ilka griff sich an die Stirn. Lennart folgte jedem Wort mit offenem Mund. Jabali biss sich nervös auf die Lippen.

»Die knacken die Wagen und machen dann Rennen damit. Danach schlachten sie sie aus«, beendete Michael seine Erzählung.

»Hä, was machen die?«, fragte Linh. »Seit wann werden denn Autos geschlachtet?«

»Na ja, die zerlegen die Autos in sämtliche Einzelteile und verkaufen die dann. Was beim Schlachter die Schweinshaxe, ist bei denen zum Beispiel eine Alufelge.«

Linh verzog das Gesicht.

»Und die liegen dann in der Bude an der Kartbahn

rum«, ergänzte Lennart. »Dort ist sozusagen der Umschlagplatz!«

»Ich verstehe«, sagte Linh. »Da vermutet man natürlich Ersatzteile für Karts und nicht für Autos!«

»Ein richtig kluges Versteck!«, stimmte ihr Lennart zu. »Außer dass ich nicht verstehe, wie die das unbemerkt von Deniz und seinem Vater machen können. Das würden die doch nie zulassen!«

»Es sei denn, sie stecken mit denen unter einer Decke«, überlegte Michael.

Aber das hielt Ilka für ausgeschlossen. Nicht nur, weil sie Deniz sehr mochte. Vor allem, weil sie wusste, dass Deniz und die Jugendlichen ständig Zoff miteinander hatten.

»Patrick und seine Jungs stehen doch immer mit einem Fuß im Hausverbot! Auch wenn Deniz' Vater sie als regelmäßig zahlende Kunden braucht, irgendwann reißt sein Geduldsfaden trotzdem.«

Das sah Linh genauso. »Im Gegenteil: *Das* ist der Grund, weshalb Patrick und seine Clique trotz Streitereien immer wieder zur Karthalle kommen. Sie können gar nicht anders. Ihr Lager befindet sich dort.«

»Wir müssen Deniz informieren!« Das war für Ilka gar keine Frage.

Doch Linh schlug vor, damit noch zu warten.

»Wir können Patricks Gruppe nichts nachweisen«, gab sie zu bedenken. »Die werden doch alles abstreiten. Deniz und sein Vater können zwar das Lager räumen. Aber Patrick und seine Gruppe könnten ungehindert weitermachen. Die suchen sich einfach ein anderes Lager.«

»Und den Täter, der mein Rennrad ersetzen soll, haben wir dann auch nicht«, ergänzte Jabali. Er zog einen Brief aus seiner Hosentasche, den er heute in seinem Briefkasten vorgefunden hatte. »Die Polizei hat mir geschrieben!« Er entfaltete den Brief und las daraus vor: »… können wir Ihnen mitteilen, dass der Wagen, der an Ihrem Fahrrad einen Sachschaden hervorgerufen hat, vermutlich aufgefunden wurde. Bitte setzen Sie sich baldmöglichst mit uns in Verbindung, damit wir Ihnen das Fahrzeug vorstellen können. Bei Rückfragen …«

»Eine Gegenüberstellung mit einem geschlachteten Auto?«, grinste Linh.

»Gut!«, kommentierte Michael. »Immerhin können die dann Fingerabdrücke am Auto sicherstellen. Aber damit wissen wir immer noch nicht, zu wem aus der Gruppe die gehören.«

»Wir haben noch nicht mal was in der Hand, dass die Polizei überhaupt eine erkennungsdienstliche Behandlung der ganzen Gruppe vornehmen würde«, erläuterte Ilka. »Außer Michaels Ausflug mit gestohlenen Wagen, den er nicht beweisen kann, haben wir nichts als vage Vermutungen. Wir wissen nicht mal, wie groß die Gruppe ist, wer da alles zugehört, geschweige denn, wer von denen das Unfallauto gefahren hat. Wenn es überhaupt einer von denen war. Nicht mal die Ersatzteile im Lager könnte man gestohlenen Autos zuordnen, vermute ich mal. Die Polizei wird nichts machen können und bestenfalls sind Patrick und seine Bande dann nur gewarnt.«

»Ilka hat recht«, stimmte Lennart zu. »Deshalb sollten wir der Polizei von Patricks Gruppe und dem Ersatzteillager erst mal gar nichts sagen. Bis wir genauere Indizien vorweisen können.«

»Also, was machen wir?«, fragte Jabali in die Runde.

»Auf frischer Tat ertappen«, rief Michael. »Beinahe hätte es am Nachmittag ja geklappt. Um ein Haar hätte die Polizei die Gruppe erwischt. Ich dachte schon, ihr hättet sie informiert. Aber vermutlich hat nur irgendein Bauer die Polizei wegen des Lärms im Wald gerufen.«

Das fand Jabali eine gute Idee. »Wenn wir den Treffpunkt ihres nächsten Rennens erfahren, dann könnten wir die Polizei rechtzeitig dorthin schicken.«

»Das könnte ich vielleicht übernehmen«, überlegte Michael, obwohl er sich noch zwei Stunden zuvor vorgenommen hatte, sich nie wieder mit Patricks Gruppe zu treffen.

»Spinnst du?«, rief Linh entsetzt aus. »Niemals! Ein Alleingang reicht ja wohl.«

»Aber mir vertraut Patrick«, entgegnete Michael. »Denn ich bin im gleichen Alter wie sein kleiner Bruder. Er will mich als Vorbild, damit Bastian sich traut, mit den geklauten Autos zu fahren.«

»Als Vorbild?«, hakte Linh nach.

»Ja«, bestätigte Michael.

Linh verzog ihre Stirn zu einem bösen Blick. »Und wie sollst du als Vorbild dienen? Doch wohl dadurch, dass du es ihm vormachst!«

Michael zuckte mit den Schultern. Linh hatte den Nagel auf den Kopf getroffen.

»Tickst du nicht mehr richtig!«, ereiferte sich Linh. Sie sprang aus ihrer bequemen Sitzhaltung auf und zeigte drohend auf Michael. »Du willst doch wohl nicht ernsthaft mit gestohlenen Autos Rennen fahren! Das kannst du doch auch gar nicht!«

»Ihr müsstet mit der Polizei nur rechtzeitig vor Ort sein!«, verteidigte Michael den seiner Meinung nach einzig machbaren Plan. »Bevor ich fahren muss.«

»Niemals!«, entschied Linh. »Das ist viel zu gefährlich!«

In dem Moment klingelte Michaels Handy.

Das Display zeigte den Anrufer als »Anonym« an.

Nanu?, wunderte sich Michael. Wer rief ihn an und verbarg seine Nummer?

Vermutlich wieder so ein Werbeanruf von der Telefongesellschaft, dachte Michael, nahm das Gespräch entsprechend genervt an und zog plötzlich überrascht die Augenbrauen hoch.

»Patrick?« Sofort wurde es mucksmäuschenstill im Raum.

Alle lauschten, um möglichst viel von dem Gespräch mitzubekommen.

»Kannst du mir morgen einen kleinen Freundschaftsdienst erweisen?«, fragte Patrick.

»Äh … mhhh … ja … klar«, stotterte Michael mit unsicherem Blick auf seine Freunde. »Worum geht es denn?«

»Nur Augen aufsperren. Sonst nichts. Morgen um sechs an der Kartbahn?«

Linh hatte nicht verstehen können, was Patrick von Michael wollte. Aber vorsorglich wedelte sie mit den Händen als Aufforderung an Michael: Ablehnen! Egal, was Patrick will: Nein sagen!

»Okay!«, sagte Michael. »Bis morgen dann.«

»Gut, dann bis morgen. Ich verlass mich auf dich!«, sagte Patrick und legte auf.

Auch Michael drückte die »Beenden«-Taste.

Linh stöhnte auf und himmelte zur Decke.

»Morgen um sechs an der Karthalle. Ich soll auf irgendwas aufpassen!«, verkündete Michael.

»O Mann, Michael. Wieso hast du zugesagt?«, schimpfte Linh.

»Unsere einzige Chance«, antwortete Michael. »Geht aber nur mit eurer Hilfe.«

Alleingang

Bevor Michael zu dem Treffpunkt mit Patrick ging, mussten Jabali und Lennart, der auch eine schriftliche Aufforderung erhalten hatte, am selben Nachmittag zur Polizeiwache, um das Unfallfahrzeug zu identifizieren.

Linh begleitete sie. Und wieder stellte sich die Frage, ob sie nicht die Polizei informieren sollten.

Jabali, Lennart und Linh reihten sich am Empfangstresen der kleinen Polizeiwache auf und zeigten die Briefe, die Jabali und Lennart bekommen hatten.

»Nehmt noch einen Moment Platz«, bat der Beamte sie, ging zurück an seinen Schreibtisch und griff zum Telefon.

Kurz darauf tauchte ein Mann in Uniform auf, der die Kinder mit Handschlag begrüßte.

»Danke, dass ihr gekommen seid! Dann kommt mal mit!« Er lotste die drei durch einen langen Gang.

Lennart tippte Jabali kurz an und deutete mit einem Kopfnicken zur Seite. Jabali hatte schon gesehen, was Lennart meinte. Auf der rechten Seite gingen sie an drei Türen vorbei, die unverkennbar Zellentüren waren. Eine der Türen stand offen, sodass die Jungs einen Blick hineinwerfen konnten. Dort stand nur ein Stahlbettgestell. Sonst nichts. Eine Zelle, in der Polizisten Verdächtige oder Straftäter für einen Tag, meist nur wenige Stunden, festhielten, erklärte der Beamte, dem die neugierigen Blicke von Lennart und Jabali nicht entgangen waren.

»Puh«, stöhnte Jabali. »Da möchte ich nicht mal für zehn Minuten drinnen sein!«

Linh schielte eher zur anderen Seite, auf der sie an zwei Vernehmungszimmern vorbeikam. Alle drei waren irgendwie erleichtert, als sie durch die Hintertür auf den Hof der Polizeiwache gelangten, auf dem mehrere Wagen parkten.

»Und?«, fragte der Beamte Jabali und Lennart. »War es einer von diesen?«

Lennart zögerte keinen Moment. »Der da!« Er zeigte auf den einzigen Mitsubishi auf dem Hof.

Der Polizist führte die drei näher an das Auto heran. »Der Wagen hat Schrammen am rechten hinteren Kotflügel. Die könnten durchaus von deinem Rennrad stammen. Das untersuchen wir noch.«

»Wo haben Sie den Wagen gefunden?«, fragte Lennart.

»In einem Waldstück vor der Stadt«, antwortete der Polizist. »Wieso?«

Lennart winkte schnell ab und warf Jabali und Linh einen flüchtigen Blick zu. »Och, nur so.«

Linh und Jabali wussten natürlich sofort, woran Lennart dachte. War der Wagen etwa genau dort gefunden worden, wo Michael das Autorennen beobachtet hatte? Aber sie behielten ihre Vermutung für sich.

»Also?«, fragte der Polizist. »Ist das der Wagen?«

»Es war zumindest so einer«, antwortete Lennart. »Der gleiche Typ, die gleiche Marke, die gleiche Farbe. Aber ob es nun genau der war …?«

Auch Jabali konnte es nicht sagen. »Wenn Sie jetzt fünf solcher Wagen mit Schrammen am Kotflügel nebeneinanderstellen, könnte ich nicht sagen, welcher der richtige ist«, gab er zu.

Der Polizist nickte verständnisvoll. »Ehrlich gesagt, wenn es anders wäre, könntest du damit auch fast im Zirkus auftreten. In einer Unfallsituation kann man sich keine Details merken. Wenn sie nicht gerade außergewöhnlich sind und einem zufällig ins Auge springen. Aber das war wohl nicht der Fall?«

Lennart und Jabali schüttelten die Köpfe.

»Macht nichts«, antwortete der Polizist. »Wir kön-

 nen die Lackschäden am Auto mit denen von deinem Fahrrad …«

»Rennrad!«, korrigierte Jabali.

Der Polizist verzog kurz das Gesicht. »Ja, ja. Also wir können die Lackschäden abgleichen. Aber das dauert. Auch in der KTU herrscht Personalmangel und die haben viele wichtigere Fälle zu klären.«

Nun verzog Jabali das Gesicht. Natürlich war mal wieder alles Mögliche wichtiger als sein Rennrad!

»KTU?«, fragte Linh interessiert nach.

»Kriminaltechnische Untersuchung«, übersetzte der Polizist.

Lennart und Jabali mussten ein Protokoll unterschreiben.

»Wir melden uns bei dir, wenn wir Näheres wissen!«, versprach der Polizist und begleitete die drei wieder durch die Wache hindurch auf die andere Seite nach draußen.

Nachdem er die Kinder verabschiedet hatte, druckste Linh herum: »Ich hab kein gutes Gefühl. Vielleicht hätten wir doch alles erzählen sollen?«

Lennart schüttelte den Kopf. »Das haben wir doch schon besprochen. Den Ersatzteilen sieht man nicht an, dass sie gestohlen wurden. Und wer den Unfallwagen gefahren hat, können wir nur vermuten. Wir haben einfach nichts als unsere pure Behauptung. Da weiß ich schon, was der Polizist uns gesagt hätte.«

»Wir sollen nicht Detektiv spielen«, zitierte Jabali.

Lennart nickte ihm zu. »Genau!«

»Okay«, lenkte Linh ein. »Aber wir dürfen auf keinen Fall Michael heute Abend alleinlassen.«

Michael war schon deutlich früher als nötig zur Kartbahn gefahren. Einfach nur, weil er viel zu nervös war, um noch zu Hause herumzusitzen. Er überlegte sogar, vor dem Treffen mit Patrick und den anderen noch ein paar Runden zu fahren, um sich abzulenken. Doch zu seiner Verwunderung befand sich auch Patrick schon an der Bahn. Die Begrüßung fiel alles andere als nett aus.

»Wieso tauchst du hier einfach früher auf?«, fragte Patrick in vorwurfsvollem Ton und sah auf die Uhr. »Wir hatten sechs Uhr gesagt, nicht halb sechs!«

Michael verschwieg zwar seine Aufregung, antwortete ansonsten aber wahrheitsgemäß. »Ich wollte vorher noch ein paar Runden fahren.«

»Ts«, machte Patrick verächtlich, als wäre es der letzte Kinderkram, mit geliehenen Karts zu fahren.

Seine schlechte Stimmung war nicht zu übersehen. Lag das nur an Michaels frühem Erscheinen oder steckte da noch was anderes dahinter?

»Zu fahren lohnt sich aber nicht mehr«, stellte Patrick klar. »Es geht gleich los.«

 Nun war Michael es, der sich wunderte. »Ich denke, um sechs?«

Patrick antwortete ihm nicht, sondern rief jemanden mit seinem Handy an.

»Wo? Auf P4! Okay. In zwanzig Minuten. Bis dann.« Patrick drückte die »Beenden«-Taste.

»P4?« ,fragte Michael.

»Parkplatz Feldstraße«, entschlüsselte Patrick. Und pfiff auf zwei Fingern.

Bastian kam um die Ecke gerannt wie ein gerufener Hund und stellte sich vor seinem großen Bruder auf.

»Hi!«, begrüßte er auch Michael.

»Hi!«, erwiderte Michael.

Und noch jemand kam um die Ecke. Ein dunkelgraumetallic Opel Insignia. Eine Limousine, von der Michael im ersten Moment dachte, der Bürgermeister würde vorfahren.

Patrick grinste ihm zu. »Ein OPC 2.8 V6 Turbo mit 239 kW.«

Michael hatte es schon erkannt. Und er kannte auch die Daten, weil ein Nachbar in seiner Straße sich vor Kurzem so einen gekauft hatte. Sogar in der gleichen Farbe. 325 PS. Die Schüssel kostete schlappe 46.000 Euro!

Wieder saß dieser Kevin am Steuer. Wieder trug er seine auffällige Spiegelbrille und seine rote Kappe. Mit mürrischem Gesichtsausdruck winkte er Michael nur kurz zu. Er schien von seiner Anwesenheit nicht sonderlich begeistert zu sein.

Umgekehrt galt das Gleiche. Denn wenn sie jetzt zum Parkplatz Feldstraße fuhren – wo immer der sein mochte –, würden die restlichen Asse Michael nicht finden können. Lennart und die anderen würden sich ja unauffällig um sechs Uhr an der Halle treffen!

»Komm, steig ein!«, lud Patrick Michael ein.

Michael überlegte, ob er unter einem fadenscheinigen Grund der ganzen Sache fernbleiben sollte. Aber dann würden sie nie den Täter finden, der Jabalis Rad zertrümmert hatte.

Verdammt!, fluchte er innerlich. Ihm war klar: Wenn er erst einmal drinnen saß, würde es schwieriger werden, den Rückweg einzuschlagen. Michael zögerte noch mal eine Sekunde.

»Nun steig schon ein!«, drängelte Bastian.

Michael setzte sich auf die Rückbank. Der Wagen startete und fuhr in gemäßigtem Tempo quer durch die Stadt, beinahe tatsächlich wie so eine Staatskarosse.

»Vielleicht wieder eine Verfolgungsjagd wie neulich?«, frohlockte Bastian.

»Bloß nicht!«, entfuhr es Michael versehentlich.

Aber diesmal war Patrick seiner Meinung. »Allerdings! Hör auf, Basti. Die Bullen können wir heute wirklich nicht gebrauchen.«

»Wir werden das schon zusammen schaukeln!«, gluckste Bastian und buffte Michael in den Oberarm. Er zuckte zurück, denn er stieß auf Michaels Muskelpakete, die sich unter dem Langarmshirt verbargen. Bastian sah den Oberarm ehrfürchtig an, ballte eine Faust und lachte.

»Du hast richtig Kraft, super!«, schwärmte er.

Michael fühlte sich geschmeichelt, auch wenn ihm seine Muskelpakete in diesem Moment nicht weiterhalfen.

»Wo fahren wir hin?«, fragte Michael.

»P4. Hab ich doch schon gesagt«, erinnerte Patrick.

»Klar«, nuschelte Michael vor sich hin. Er hatte keine Ahnung, wo die Feldstraße war, geschweige denn der Parkplatz P4.

Angestrengt überlegte er, wie er seinen Freunden mitteilen konnte, wo er gerade hinfuhr. Wenn er das Handy benutzte, würde Bastian es sehen und so, wie der drauf war, es auch sofort herausposaunen. Selbst wenn es ihm gelänge, würde es Lennart und den anderen schwer genug fallen, dorthin zu kommen, denn schon mit dem Auto fuhren sie bereits seit einer Viertelstunde.

Dann endlich bogen sie auf einen Parkplatz

ein, der zu einem großen Einkaufszentrum gehörte.

Michael atmete kurz auf. Wenigstens etwas. Das Einkaufszentrum kannte er. Er hatte nur nicht gewusst, dass die Straße »Feldstraße« hieß.

Der Wagen fuhr in den Parkbereich F, der im hinteren Teil am Rand lag. Dort stand schon Rafael, der sie zusammen mit zwei weiteren Jugendlichen erwartete. Der eine von ihnen war Michael als Andy in Erinnerung. Den zweiten sah er zum ersten Mal. Allerdings machte Rafael keine Geste der Begrüßung, was Michael verwunderte.

Lagen Patrick und Rafael schon wieder so sehr im Clinch, dass sie sich nicht mal mehr begrüßten?

Doch jetzt machte Rafael plötzlich ein komisches Zeichen. Er legte den Daumen jeder Hand nach innen und zeigte ihnen mit erhobenen Händen die restlichen Finger. Danach faltete er die Hände wie zum Gebet und machte dann das Okay-Zeichen mit erhobenem Daumen.

»Hast du gesehen?« Patrick tippte Kevin gegen die Schulter. »Reihe acht, Mitte.«

Was sollte das bedeuten?, fragte sich Michael.

Bastian verriet es ihm unfreiwillig. »Starke Karre!«, rief er und zeigte auf ein schwarzes Cabrio.

 Michael begriff. Offenbar hatten Rafael und die anderen bereits einen Wagen ausgeguckt. Oder stahlen sie die Wagen gar gezielt auf Bestellung?

Das Cabrio war zwar tipptopp in Ordnung, aber ein sehr altes Modell. Fast schon ein Oldtimer, erkannte Michael. Dafür intakte Ersatzteile zu bekommen war sicher nicht einfach. Das Modell wurde mindestens seit einem Vierteljahrhundert nicht mehr produziert, schätzte er.

»Du bleibst hier«, wies Patrick Michael an, schon mit einem Bein draußen. Mit angespanntem Gesichtsausdruck fügte er hinzu: »Sobald du was siehst, schreist du, so laut du kannst, *Feuer!* Kapiert?«

»Was meinst du mit: sobald ich was sehe?«, fragte Michael.

Patrick antwortete nicht, sondern stieg aus, ebenso wie Kevin und Bastian.

Erst dann drehte sich Patrick noch mal kurz zu Michael um: »Na, du weißt schon. Und mach keinen Fehler!«

Patrick begab sich in eine gebückte Haltung und wieselte zwischen den parkenden Autos hindurch. Bastian folgte ihm.

Michael stieg vorsichtig aus, sah sich um. Außer ein paar Leuten, die mit ihren Einkaufswagen zu ihren Wagen zurückkehrten, konnte er nichts Verdächtiges erkennen.

Rafael und die beiden anderen waren an ihrem Platz stehen geblieben. Offenbar behielten auch sie einfach nur den Platz im Auge.

Michael sah seine Chance. Blitzschnell holte er sein Handy hervor und tippte so schnell wie möglich ›Parkplatz Feldstraße, EKZ‹ ein und sendete die SMS an Linh, Ilka, Lennart und Jabali gleichzeitig.

Kaum hatte er sie abgeschickt, hörte er einen schrillen Pfiff.

Michael schaute sich um und sah, wie Rafael und der fremde Jugendliche losrannten. Andy kam auf Michael zugelaufen. Michael steckte schnell sein Handy ein.

Fast im selben Moment kam auch Bastian angerannt.

»Rein!«, rief er.

»Was?« Michael wusste gar nicht, was los war.

Plötzlich brauste das Cabrio aus seiner Parklücke. Patrick saß auf dem Beifahrersitz, Kevin, mit dem sie gekommen waren, am Steuer.

Ein Mann auf dem Parkplatz ließ seinen Einkaufswagen stehen, hob die Hände und brüllte: »Halt! Mein Wagen!«

Er wollte gerade seinem davonfahrenden Wagen

 hinterherlaufen, als Rafael ihm mit einem leeren Einkaufswagen in die Beine fuhr.

Der Mann brüllte und ging zu Boden.

»Mann, worauf wartest du?«, brüllte Bastian, gab Michael einen kräftigen Stoß. Michael stolperte in den Wagen hinein. Bastian quetschte sich dazu. Vorn öffnete Andy die Tür, sprang in den Wagen, startete und brauste ebenfalls los.

Michael purzelte auf dem Rücksitz hin und her.

Als er sich halbwegs wieder aufgerichtet hatte, sah er aus dem Rückfenster, dass ihnen ein dritter Wagen folgte. In dem saß Rafael auf dem Beifahrersitz, der zweite Jugendliche fuhr den Wagen.

Michael wurde flau im Magen, als er die Situation begriff: Patrick und ihr Fahrer Kevin hatten das Cabrio gestohlen. Er, Bastian und Andy folgten ihm. Und hinter ihnen saß Rafael, der den Besitzer erspäht und außer Gefecht gesetzt hatte, mit dem unbekannten Jugendlichen im Auto. Mit anderen Worten: Sie jagten gerade mit drei gestohlenen Fahrzeugen hintereinander durch die Stadt! Und der Ort, den er seinen Freunden angegeben hatte, stimmte auch nicht mehr. Sie waren schon wieder auf der Flucht. Michael überlegte fieberhaft, was er tun sollte.

Vor der gleichen Frage standen im selben Moment Jabali, Lennart, Ilka und Linh, die sich pünktlich an der Karthalle versammelt hatten und soeben Michaels Kurznachricht erhalten hatten.

»Einkaufszentrum Feldstraße?«, überlegte Lennart. »Das kenne ich. Mit dem Rad braucht man da fast 'ne halbe Stunde hin.«

»Was wollen die da?«, fragte sich Linh. »Mitten auf einem öffentlichen Parkplatz.«

Lennart ahnte es. Er zeigte auf die Bude. »Nachschub besorgen!«

Ilka sah ihn mit großen Augen an. »Du meinst, neue Autos zum Schlachten?«

»Ausschlachten«, verbesserte Lennart. »Ja.«

Jabali kaute nachdenklich an seiner Unterlippe. »Mitten am Tag?« Dann aber fiel ihm ein, dass der Wagen, der sein Rennrad plattgemacht hatte, ja ebenfalls am helllichten Tag durch die Stadt gerast war. »Wenn das stimmt, dann steckt Michael jetzt mitten in einem Autodiebstahl.«

»Wir müssen ihm helfen«, fand Ilka, hatte aber auch keine Idee, auf welche Weise. Sie wussten ja nicht einmal, ob Michael sich überhaupt noch auf dem Parkplatz befand.

Linh schnippte mit den Fingern. »Ich rufe ihn einfach an.«

Jabali erschrak. »Spinnst du? Was, wenn Patrick und die anderen das hören?«

»Na und?« Linh zuckte demonstrativ ahnungslos

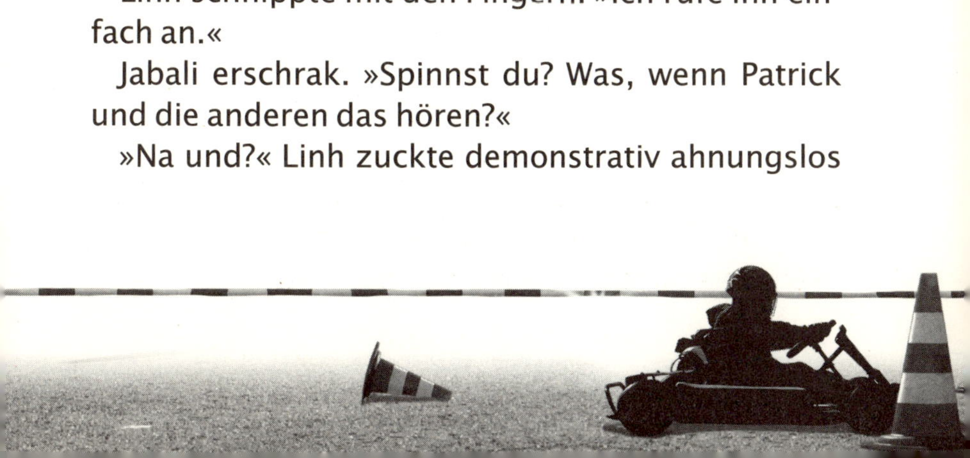

 die Schultern. »Darf ein Autodieb keine Freunde haben, die einen anrufen? Michael darf jetzt vielleicht niemanden anrufen, weil das so aussehen könnte, als wollte er sie verpfeifen. Aber angerufen werden? Dafür kann er doch nichts!«

Linhs Logik klang ebenso einfach wie einleuchtend.

Schon drückte sie die Taste mit Michaels eingespeicherter Nummer.

In Michaels Hosentasche vibrierte es. Er hatte sein Telefon an der Karthalle sicherheitshalber auf lautlos gestellt. Jetzt spürte er, dass ihn jemand anrief, ohne dass es außer ihm jemand bemerkte.

Andy konzentrierte sich auf die Straße. Nur Bastian neben ihm glotzte ihn unentwegt an.

Michael drehte seinen Kopf nach hinten und schaute durchs Rückfenster. »Ist da ein Bullenpanzer?«, fragte er.

Bastian drehte sich erschrocken nach hinten. Der Fahrer sah in den Rückspiegel. »Wo?«

»Da?« Michael zeigte von sich weg auf eine Seitenstraße. Als alle Blicke seiner angezeigten Richtung folgten, sah Michael die Chance gekommen. Mit der anderen Hand nahm er den Anruf in seiner Hosentasche entgegen.

»Hallo?«, fragte Linh ins Telefon. »Michael? Hallo?«

»Was ist?«, wollte Jabali wissen.

Linh wusste nicht, was sie davon halten sollte. »Michael hat das Gespräch angenommen, aber er meldet sich nicht. Es rauscht nur.«

Sie stellte ihr Mobiltelefon auf Lautsprecher und hielt es so, dass alle mithören konnten.

»Klingt, als ob die fahren!«, fand Ilka.

»Seid mal ruhig«, bat Lennart. »Vielleicht können wir hören, ob was gesprochen wird.«

»Ich dachte, da in der Gärtnerstraße hätte ich einen Bullenpanzer gesehen!«, sagte Michael extra laut. Er hatte das Straßenschild gelesen, an dem sie soeben vorbeigefahren waren.

»Ein Panzer?«, erschrak Jabali.

»Der meint einen Polizeiwagen!«, übersetzte Lennart.

Ilka atmete durch. »Gott sei Dank.«

Doch ihre Erleichterung kam zu früh.

»Ich hab nix gesehen. Wo denn?«, hörten sie Bastians Stimme.

Dann Michaels Antwort: »'tschuldigung. Dann habe ich mich wohl getäuscht. Ich dachte, da hinten in der Gärtnerstraße.«

»Mist!«, kommentierte Ilka. »Wäre ja auch zu schön gewesen, wenn die Polizei in der Nähe gewesen wäre.«

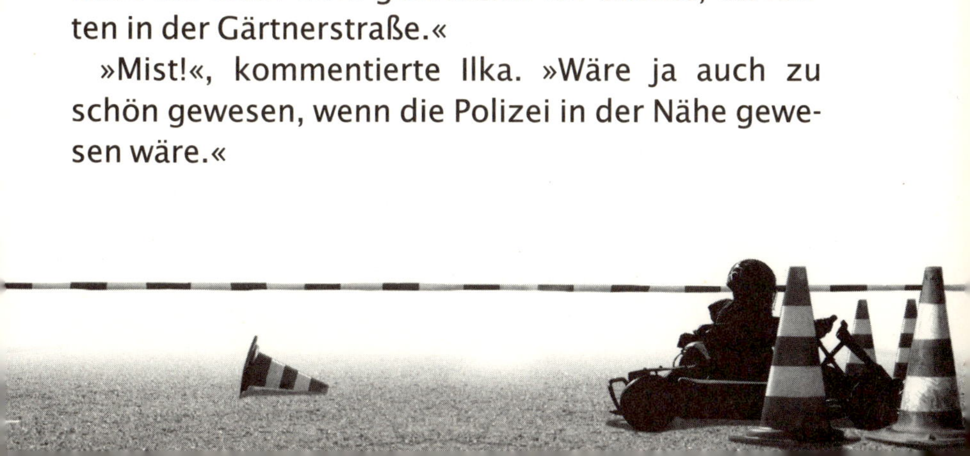

Linh schlug sich mit ihrer freien Hand vor die Stirn. »Mensch, das ist 'ne Nachricht an uns!«

»Was?« So schnell kam Ilka nicht mit.

»Gärtnerstraße!«, wiederholte Linh, was Michael zweimal gesagt hatte. »Er wollte uns mitteilen, wo er ist!«

»Und dass wir die Polizei rufen sollen! Klar!«, begriff Jabali.

Auch bei Ilka klickerte es allmählich. »Wow!«, staunte sie. »So viel Intelligenz hätte ich Michael gar nicht zugetraut. Also los!«

Sie riss ihr Handy aus der Tasche und wählte die 110, den Notruf der Polizei.

Doch so einen Notruf zu melden erwies sich als schwieriger, als Ilka dachte. Alles Mögliche wollte der Polizist von Ilka erfahren, ehe sie endlich mal erzählen konnte, weshalb sie angerufen hatte: dass nämlich vermutlich am Einkaufszentrum Feldstraße ein Auto gestohlen worden war, das nun durch die Gärtnerstraße fuhr.

Zunächst glaubte der Polizist natürlich kein Wort und wollte wissen, woher Ilka das denn wissen wolle. Bis sein Kollege in der Notrufzentrale den Computer abgeglichen hatte und feststellte, dass nur zehn Minuten zuvor tatsächlich ein Autodiebstahl in dem Einkaufszentrum gemeldet worden war.

»Und in welche Richtung fährt der Wagen jetzt?«, fragte der Polizist allen Ernstes.

Ilka schnappte nach Luft. »Woher soll ich das denn wissen? Können Sie keine Handys orten? Ich habe da die Nummer von unserem Freund, der in dem Wagen sitzt und ...«

»So zügig geht eine Handyortung nicht. Das muss über die Staatsanwaltschaft ...«

»Ach du liebe Zeit!«, stöhnte Ilka ins Telefon.

»Wir schicken aber einen Streifenwagen los«, versprach der Polizist. »Und du kannst mir in der Zeit mal erzählen, wieso dein Freund in einem gestohlenen Fahrzeug sitzt.«

Das wurde Ilka zu heikel. Schnell legte sie auf.

Linh sah sie bestürzt an. »Ob das so gut war, einfach aufzulegen?«

»Wir müssen was tun!«, drängte Jabali. »Wo ist denn die Gärtnerstraße?«

Lennart malte ein Kreuz in den Sandboden, auf dem sie standen. Das zweite Kreuz stand für die Gärtnerstraße. Darüber malte er noch eines fürs Einkaufszentrum Feldstraße. Dann darunter einen Kreis für den Wald, in dem die Rennen stattfanden. Und ein Quadrat für den Standort der Karthalle.

Für Lennart ergab das eine Linie: Diebstahl – Rennen – Ausschlachtung – Lagerung.

»Die sind auf dem Weg hierher!«, war Lennart

 sich sicher. »Aber vorher werden die haltmachen im Wald!«

»Wie lange brauchen wir dorthin?«, fragte Ilka.

Lennart winkte ab. »Auch mindestens eine halbe Stunde. Ihr habt ja keine Fahrräder dabei. Da dauert's noch länger.«

»Moment!« Ilka hatte eine Idee. Doch bevor sie die jemandem mitteilen konnte, hatte sie sich schon umgedreht und war weggelaufen.

»Was hat sie?«, fragte sich nicht nur Jabali.

»Bestimmt sucht sie Deniz«, vermutete Lennart. »Ich hab bloß keine Ahnung, was sie jetzt von dem will.«

Der Wagen, in dem Michael saß, bog rechts ab.

»Wo wollt ihr hin?«, fragte Michael. Er hoffte, dass der Anruf, den er angenommen hatte, von einem seiner Freunde gekommen war und die noch immer zuhörten und auch alles verstehen würden.

»Wohin schon?«, fragte Andy zurück. »Ist doch alles easy gelaufen.«

»Easy?« Michaels Stimme überschlug sich fast. »Der Besitzer dieses Wagens hat uns gesehen. Rafael musste ihn über den Haufen rennen. Der hat bestimmt die Polizei gerufen.«

»Natürlich hat er das«, räumte Andy ein. »Aber er wird uns nicht finden.«

»Wieso nicht?« Noch immer hoffte Michael, dass

Andy ihn und damit übers Handy in seiner Hosentasche auch seine Freunde informieren würde.

Doch Andy antwortete nur grinsend: »Weil wir schlau sind!«

Michael musste sich Mühe geben, nicht vor Enttäuschung das Gesicht zu verziehen, sondern im Gegenteil gute Miene zum bösen Spiel zu machen.

»Klar!«, sagte er und rang sich ein Lächeln ab. »Die kriegen uns nie!«

Ilka kam mit Deniz und Masrat angelaufen.

»Deniz' Bruder fährt uns!«, rief Ilka und zeigte auf Masrat. »Los!« Sie winkte die anderen zu sich.

Masrat lief voran und öffnete mit seiner Funkfernbedienung schon das Auto auf dem Parkplatz.

»Mit dem Wagen sind wir in zehn Minuten da.«

»Passen wir da alle rein?«, zweifelte Jabali. Mit Deniz und Masrat waren sie sechs Personen. Und so groß erschien ihm der Wagen nicht.

»Quetschen!«, gab Lennart die Parole aus.

»Wissen die überhaupt, worum es geht?«, wunderte sich Lennart.

Ilka schüttelte den Kopf. »Ich hab's grob erklärt. Viel wichtiger wäre, dass du den Weg zum Wald erklärst!«

Weil Lennart der Einzige war, der zumindest ungefähr den Ort kannte, von dem Michael erzählt hatte, nahm er auf dem Beifahrersitz Platz. Die anderen zwängten sich hinten auf die Rückbank.

Masrat gab Vollgas!

»Informiere du lieber schon mal die Polizei!«, schlug Linh Ilka vor. Aber das ging nicht. Zwar hatte Lennart eine ungefähre Vorstellung davon, wie sie zur Stelle im Wald kamen, aber er kannte die Straßennamen nicht und konnte es deshalb nicht so richtig beschreiben.

Linh versuchte, sich die Wegstrecke genau einzuprägen.

Sie schaute auf ihr Handy. Noch immer stand die Verbindung mit Michael. Linh hielt sich das Telefon ans Ohr.

»Ihr wollt in den Wald?«, fragte Michael.

Der Wagen bog in eine Straße ein, die später aus der Stadt herausführte.

»Ihr wollt doch wohl jetzt nicht schon wieder ein Rennen fahren?«

»Hättest du was dagegen?«, fragte Andy zurück.

»Na ja«, druckste Michael herum. »Letztes Mal hätte die Polizei euch … äh, ich meine … uns um ein Haar erwischt.«

Andy sagte nichts.

Denn Bastian hatte etwas entdeckt. »Da!«

»Was?«

»Deniz' Bruder!«

»Was? Masrat? Hier?«

»Ja! Da!«

Jetzt hatte Andy den Wagen auch entdeckt. Genau wie Michael.

»Was will der denn hier?«, fragte sich Patrick gerade, als er erkannte, wer da noch im Wagen saß. Sein Kopf schnellte rum zu Michael.

»Hast du deinen Freunden Bescheid gesagt?« Die Frage kam scharf und schneidend.

»Ich?«, tat Michael unschuldig, so wie er beim Handball ein Foul abstritt.

Bastian warf Michael einen skeptischen Blick zu. Dann – blitzschnell – griff er in Michaels Tasche, zerrte dessen Handy hervor und hielt es triumphierend in die Höhe.

»Er telefoniert! Seine Freunde können alles mithören!«

»Verräter!«, schnaubte Andy, riss das Handy an sich und schaltete es aus. »Das wirst du büßen!«

»Sie haben uns entdeckt!«, informierte Linh die anderen in ihrem Wagen. »Aufgelegt!«

Schon sahen sie, wie der Wagen, in dem Michael

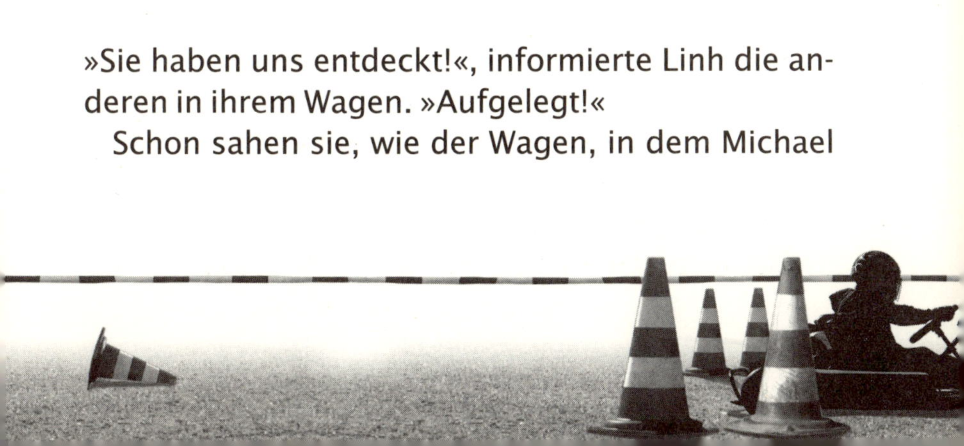

 saß, mit quietschenden Reifen scharf um die Ecke bog.

Masrat drückte aufs Gas, um den Wagen nicht aus den Augen zu verlieren.

»Halt!«, brüllte Jabali. »Was soll das werden? Du kannst doch keine Verfolgungsj…!«

Verfolgungsjagd hatte er sagen wollen. Aber durch die scharfe Kurve wurde Jabali so sehr zur linken Seite geschleudert, dass er seinen Satz nicht mehr vollenden konnte.

»Das sind drei!«, rief Deniz.

»Wer?«, fragte Ilka.

Deniz zeigte auf die Wagen, die vor und hinter Michael fuhren. »Da an der Spitze fährt Kevin und in dem hinteren sitzt Rafael mit drin!«

»Aaaachtung!«, schrie Bastian in Michaels Wagen, der direkt auf einen Pfeiler zuraste. Im letzten Moment riss Andy das Lenkrad herum, gab aber sofort wieder Vollgas, hupte, überholte einen LKW und sauste weiter stadtauswärts.

»Wenn du so weiterfährst, hetzt du uns noch die Dorfpolizei auf den Hals!«, motzte Patrick.

Doch Andy konterte. »Erst mal müssen wir die Freunde von diesem Stinktier hier loswerden. Oder meinst du, die rufen nicht die Bullen?«

Michael musste nicht nachfragen, wer mit Stinktier gemeint war.

Andy fuhr geradewegs auf eine kleine Kreuzung zu. Vor ihnen sprangen die Ampeln auf Rot.

»Stooopp!«, schrie Michael panisch.

»Schnauze!«

»Mensch, da ist Rot, du Blindfisch!«, rutschte es Michael heraus.

»Na und?«, erwiderte der Fahrer und drückte ruckartig noch mehr aufs Gas. »Das hält deine Freunde vielleicht auf!«

Bastian und Michael drückte es in die Sitze. Die Ausläufer der Stadt rauschten draußen an ihnen vorbei. Etliche Male hatte Michael so was schon in Filmen gesehen – aber er saß hier nicht im Kinosessel. Das war echt!

»Hiiilfe!«, seufzte er leise. Zum Glück wurde hier draußen der Verkehr immer geringer und die Ampeln seltener. Aber waghalsige Überholmanöver waren auch auf der Landstraße höchst gefährlich.

Kevin fuhr voraus und die beiden anderen gestohlenen Wagen folgten und machten jedes Manöver mit.

»Verdammt!«, fluchte Masrat. »Haltet euch fest!«

Auch er drückte das Gaspedal voll durch, um über die nächste Kreuzung zu rasen, statt bei der Ampel zu halten, die gerade auf Rot sprang. Zum

 Glück kam aus der Nebenstraße, die jetzt Grün hatte, aber ohnehin niemand.

Trotzdem schrie Jabali: »Hast du sie nicht mehr alle? Hör auf! Halt an!«

»Schon vorbei!«, beruhigte Masrat. »Wir sind durch.«

Aber Jabali war ganz und gar nicht beruhigt.

Michael wusste, wenn er jetzt etwas unternahm, konnte das zu einem schlimmen Unfall führen. Wenn er den Fahrer zum Beispiel am Hals packte, würde er jede Kontrolle über den Wagen verlieren und die Situation würde für alle noch gefährlicher.

Michael krallte sich in seinem Sitz fest. Er hatte keine andere Chance, als die Höllenfahrt über sich ergehen zu lassen und zu hoffen, dass alles gut gehen würde. Wie die Sache weiterging, wenn sie im Wald waren, würde sich dann zeigen. Nur erst mal lebend den Wald erreichen. Wie oft hatte er sich gewünscht, einmal Beifahrer in einem Polizeiwagen mit Blaulicht zu sein und mit Karacho durch die Stadt zu rasen, alle zu überholen, über rote Ampeln und volle Kreuzungen zu jagen.

Und nun saß er in einem Wagen ohne Blaulicht und ohne Sirene, raste aber so, als hätten sie beides.

Doch plötzlich sah Michael ein Blaulicht blinken. Er drehte sich um. Und tatsächlich: Hinter ihnen folgte ein Polizeiwagen. Dahinter noch einer und noch einer.

»Die Polizei!«, jubelte Ilka. »Mein Notruf hat was genützt!«

»Drei Wagen!«, freute sich auch Jabali.

»Nein, fünf!« Denn von vorn aus der entgegengesetzten Richtung kamen auch noch zwei Streifenwagen.

Masrat bremste ab.

Jabali ließ sich mit einem Seufzer der Erleichterung in seinen Sitz sinken.

Lennart beobachtete, mit welcher atemberaubenden Geschwindigkeit es den fünf Streifenwagen gelang, die drei gestohlenen Wagen zu stoppen.

Todesmutig – so fand Lennart – schleuderte der eine Streifenwagen, der von vorn kam, herum, sodass er quer vor dem ersten Fluchtauto zum Stehen kam und so den Weg versperrte. Der erste der drei folgenden Streifenwagen machte das gleiche Manöver hinten, sodass die Fluchtautos nicht kehren konnten. Die drei verbliebenen Streifenwagen kamen mit quietschenden Reifen seitlich zu den Fluchtfahrzeugen zum Stehen.

Die Polizisten sprangen mit gezogenen Waffen aus ihren Wagen, rissen die Türen der Fluchtfahrzeuge auf und brüllten: »Raus! Hände über den Kopf! Raus! Sofort!«

»Mann, echt wie im Film!«, hauchte Jabali.

Er sah, wie Michael zusammen mit Bastian und dem Fahrer aus den Autos gezerrt wurde.

»Der arme Michael!«, fühlte Ilka mit ihm. »Noch wissen die Polizisten ja nicht, dass er nicht zu den Autodieben gehört.«

Auch die Insassen der anderen Fahrzeuge wurden verhaftet.

»Ich ruf schon mal Michaels Eltern an«, schlug Linh vor. »Ist besser, ich informiere sie, bevor sie von der Polizei angerufen werden.«

Deniz drehte sich zu Ilka. »Danke. Ohne eure Hilfe hätte das irgendwann für meinen Vater und die Kartbahn böse ausgehen können. Bestimmt bekommt ihr zur Belohnung von ihm Freikarten!«

»Nein, danke!«, quiekte Jabali auf. »Vom Autofahren habe ich die Nase gestrichen voll!«

Vorsichtshalber sprang er gleich aus dem Wagen raus. »Ich laufe nach Hause! Mich kriegen die nächsten Wochen keine zehn Pferde in irgendeine Karre!«

»Zehn Pferde?«, grinste Deniz. »Dieser Wagen hat 120 Pferdestärken.«

»Tschüüühüüüss!«, rief Jabali und rannte davon.

Ilka, Lennart und Linh lachten ihm hinterher, bevor sie ausstiegen, um der Polizei alles zu erzählen, damit Michael nicht falsch verdächtigt werden konnte.

»Ich muss gestehen, auch mir ist die Lust auf Kartrennen erst mal vergangen«, gab Ilka zu.

Deniz warf ihr einen traurigen Blick zu.

»Das muss ja nicht heißen«, fügte Ilka schmunzelnd an, »dass ich die Bahn an sich nicht mehr aufsuche ...«

Einige Tage später bekam Jabali von der Polizei die Mitteilung, dass aufgrund der Lackschäden an dem gefundenen Unfallwagen und der Fingerabdrücke am Lenkrad der festgenommene Kevin überführt werden konnte. Er hatte den Wagen gestohlen und Jabalis Rennrad zu Schrott gefahren. Und würde sicher dazu verurteilt werden, Jabalis Rad zu ersetzen.

Diese Nachricht feierten die Fünf Asse gemeinsam im Computerchat. Denn leider hatten alle von ihren Eltern übers Wochenende Hausarrest aufgebrummt bekommen, weil sie sich im Alleingang auf Gangsterjagd begeben und somit in höchste Gefahr gebracht hatten.

»Das war vermutlich wirklich falsch von uns«, sprach Linh in die Videokamera ihres Laptops.

»Stimmt!«, gab Jabali ihr recht und grinste über die vier anderen Bildschirme. »Aber gut gemacht haben wir das trotzdem.«